Wabi-sabi

FRANCESC MIRALLES

Wabi-sabi

Tradução de

LUÍS CARLOS CABRAL

1ª edição

EDITORA RECORD
RIO DE JANEIRO • SÃO PAULO
2017

CIP-BRASIL. CATALOGAÇÃO NA PUBLICAÇÃO
SINDICATO NACIONAL DOS EDITORES DE LIVROS, RJ

M637w

Miralles, Francesc, 1968-
Wabi-sabi: um romance sobre a beleza do efêmero e do imperfeito / Francesc Miralles; tradução de Luís Carlos Cabral. – 1ª ed. – Rio de Janeiro: Record, 2017.

Tradução de: Wabi-sabi
ISBN: 978-85-01-10957-6

1. Romance espanhol. 2. Ficção espanhola. I. Cabral, Luís Carlos. II. Título.

17-39573

CDD: 863
CDU: 821.134.2-3

Título original:
Wabi-sabi

Publicado mediante acordo com Sandra Bruna Agencia Literaria, SL.

Texto revisado segundo o novo Acordo Ortográfico da Língua Portuguesa.

Impresso no Brasil

ISBN 978-85-01-10957-6

É melhor viajar cheio de esperanças do que chegar.

PROVÉRBIO JAPONÊS

Prólogo

Viemos do nada e para o nada vamos. Nesse meio-tempo somos algo. E esse algo é o que chamamos de vida.

Tempos atrás fiquei muito preocupado em medir essa faísca entre a escuridão que nos precede e a que nos sucederá. Imaginava que a existência era uma bolsa cheia de horas, dias, meses e anos e ficava angustiado ao pensar que cada minuto vivido era um minuto a menos na contagem regressiva para um lugar que desconheço, mas ao qual não tenho nenhuma pressa de chegar.

Ainda não havia entendido que alguns segundos de intensa felicidade deixam uma marca mais profunda na alma do que toda uma vida de espera monótona.

Até os 37 anos vivi solitário, trancado em uma prisão que eu mesmo havia construído, tijolo a tijolo. Depois de erguer os muros ao meu redor, enterrei a chave para que ninguém pudesse entrar.

Mas um gato de rua conseguiu desenterrar a chave e, com mirabolantes planos felinos, me levou a abrir as portas ao mundo. Desde então vivo com ele — Mishima para os amigos — e com alguns estranhos companheiros de jornada.

Exatamente em cima do meu apartamento, no bairro barcelonês de Gracia, vive Titus, um velho escritor de livros de autoajuda com quem colaboro quando as aulas na universidade me permitem.

Mishima me levou até ele, e ele me devolveu a Gabriela, por quem estou apaixonado, embora eu não saiba quase nada de seu passado nem de seu presente quando não está comigo. Talvez por isso ela não queira que a gente more junto, o que me obriga a viver como um homem moderno: um casal, dois apartamentos.

Durante um tempo morei junto com Valdemar, um físico excêntrico que explorava a face oculta da Lua, mas que um belo dia desapareceu deixando seu telescópio montado na cozinha de Titus. Ficamos com um manuscrito sobre suas pesquisas, além do vazio irreparável deixado pelas pessoas que significaram alguma coisa para a gente.

Quando Titus e eu ficamos melancólicos, voltamos a montar o telescópio e o apontamos para a Lua, como se Valdemar tivesse encontrado uma maneira de chegar até lá e pudesse nos enviar sinais de repente.

Algum dia ele voltará ou nós voltaremos para ele, porque todos fazemos parte deste grande caldeirão cósmico — que está sempre no fogo e com o qual não se desperdiça nenhum ingrediente.

Com o tempo, compreendi que não é a solidão, mas os outros, a maneira de conhecer a si mesmo. Uma vez que você tenha renunciado a tudo, é relativamente simples subir em uma montanha, esperar que os dias passem e nada mais. O mais difícil, a arte suprema, é a de se relacionar com aqueles que são diferentes de nós, porque nossa habilidade neste campo nos revela nossa verdadeira dimensão enquanto seres humanos.

Devo ser um mero aprendiz, já que as decisões das pessoas ao meu redor não param de me surpreender. "Ao redor" pode ser uma expressão muito ampla, como eu estava prestes a constatar na primeira manhã de junho, quando desci as escadas de casa e abri a caixa de correio...

MANEKI-NEKO

O gato que saúda

Como havíamos entrado na reta final do ano letivo, eu não esperava encontrar na caixa de correio nada além de informes universitários convocando-me a participar de juntas de professores — junta é uma palavra horrível, decerto — ou de cursos de verão.

No entanto, no lugar da papelada acadêmica, havia apenas um cartão-postal. Aproximei-o da luz para vê-lo melhor: exibia um gato de porcelana branca com a patinha esquerda levantada.

Ao virar o cartão, esperava encontrar o endereço de algum novo bazar chinês do bairro, o tipo de lugar onde se veem essas figurinhas, mas, curiosamente, o postal havia sido selado no Japão. Além do meu endereço, escrito à mão com uma pena muito fina, havia uma única palavra no espaço reservado à mensagem:

WABI-SABI

Perplexo, fiquei plantado por um tempo diante da caixa de correio, olhando alternadamente para a fotografia e para aquela palavra misteriosa. Não fazia ideia de quem poderia ter me enviado aquilo de tão longe nem por que, mas a intuição me dizia que aquele gatinho inocente — se fosse inocente, afinal — traria consequências. Mishima, o último gato que havia batido em minha porta, provocara um furacão de acontecimentos, e por isso o assunto precisava ser tratado com seriedade.

Por ora, o gato do cartão-postal já havia alterado meus planos para a manhã, pois, em vez de sair do edifício, subi as escadas, cheguei ao sótão e bati na porta de Titus.

Ela foi aberta com um zumbido, sinal de que meu vizinho estava atarefado com um de seus livros. De fato, assim que empurrei a porta, ouvi seus dedos ligeiros passeando pelo teclado e uma música de jazz ao fundo. No ar flutuavam finas serpentes de fumaça, o que confirmava que ele estava em plena atividade. Titus só acendia suas barrinhas de incenso quando escrevia.

Antes de abandonar o corredor que levava ao estúdio, me detive por um instante diante de *Viajante sobre o mar de névoa*, um quadro de Caspar David Friedrich do qual Titus tem uma reprodução. Embora eu o tivesse visto dezenas de vezes, aquele jovem romântico em um penhasco enevoado continuava a me impressionar.

— Vai ficar plantado aí? — disse ele bruscamente.

Entrei na sala onde se destacava a escrivaninha. Titus havia interrompido o trabalho e me observava com curiosidade.

— Você está trabalhando...

— É o que parece, não? — disse, irônico. — Preciso entregar *Ria por um centavo* em exatamente quatro dias e ainda falta escrever um quarto do livro e o prólogo sobre risoterapia.

— Que título mais absurdo... Do que se trata?

— É a adaptação de um livro americano: uma antologia de mil piadas que será vendida por dez euros, ou seja, um centavo por cada dose de risada.

— Muito engenhoso.

— Não é ideia minha. E não posso garantir que as piadas sejam engraçadas. Não vejo a menor graça nas que estou encontrando — disse, apontando para uma pilha de livros cheios de post-its em um canto da mesa.

— Então vou deixá-lo trabalhar.

— Espere. O que queria me dizer?

Avaliei o risco que eu corria de Titus me mandar procurar piadas para o livro, mas a curiosidade que o cartão-postal havia despertado em mim foi mais forte e, por isso, o coloquei em cima da mesa. Depois me sentei no sofá do estúdio e fiquei esperando seu comentário.

— Interessante. — Ele sorriu. — Quem o enviou?

— Não sei. O remetente não se identificou. Só escreveu esta palavra composta. Você sabe o que significa?

— *Wabi-Sabi*...

Titus havia pronunciado aquilo como se fosse uma palavra mágica. Justo nesse momento, um trem em miniatura que estava em uma mesa junto à parede começou a circular, entrando e saindo de túneis e emitindo um suave assovio.

— Levei um susto — disse. — Quantos interruptores estão instalados na mesa?

— Só dois: o da porta e o do circuito dos trens. Você sabe que eles me ajudam a me concentrar... Bem, neste momento não sei responder, mas o termo não me é desconhecido. Pergunte a Gabriela. Ela morou no Japão, não é mesmo?

— Ela está em Paris e só volta na semana que vem. Nesse meio-tempo, talvez o gato de porcelana nos dê alguma pista.

Titus passou o dedo pela silhueta do gato e disse:

— Isso aqui não é nenhum mistério: trata-se de um *maneki-neko*. No Japão existem aos milhões.

— O que é um *maneki-neko*?

— Procure no terceiro livro daquela prateleira — disse Titus, apontando uma estante no fundo da sala. — É curioso que não lembre, porque você mesmo ajudou a redigi-lo.

— Acabou sendo escrito por Valdemar, não se lembra? — respondi, enquanto puxava um exemplar do *Pequeno curso de magia cotidiana*.

De fato, no capítulo "Filosofia felina", havia um parágrafo dedicado àquele personagem:

MANEKI-NEKO: O GATO DA SORTE

A origem dessa figura, muito popular nas lojas japonesas, deve ser procurada na China, onde, no século IX, acreditava-se que, quando um gato lambe a pata e leva-a à orelha é sinal de que chegará um convidado. A inquietação do animal diante da chegada de um estranho se reflete nesse gesto de se limpar.

Outras fontes afirmam que a origem está em uma história real que aconteceu durante o período Edo (1603 — 1868). Um gato chamado Tama ficava sempre na varanda de um templo, na zona oeste de Tóquio, construído diante de uma grande árvore. Em um dia chuvoso, um cavaleiro se refugiou sob a árvore, e Tama não parou de chamar sua atenção fazendo gestos com a pata. Cheio de curiosidade, o cavaleiro saiu de seu refúgio e se aproximou do gato. Nesse instante, um raio fulminou a árvore e tudo o que havia ao seu redor. Comovido pelo gesto do gato, o cavaleiro se transformou em benfeitor do templo.

Outra narrativa conta que Imada, uma mulher muito pobre, abandonou seu gato porque não conseguia sequer se sustentar. Então o animal apareceu para ela em um sonho, dando instruções para que modelasse sua figura em argila e assim atraísse boa sorte. A mulher lhe obedeceu e, uma vez concluída a figura, um transeunte a viu e insistiu em comprá-la. A partir desse dia, Imada fez tantas figuras e tantos clientes a compraram que conseguiu superar suas dificuldades financeiras.

— Muito ilustrativo — eu disse, meio de brincadeira —, mas isso não explica nada. Por que alguém me enviou um gato da sorte? Não conheço ninguém no Japão.

— Talvez esteja avisando que um desconhecido vai chegar... Ou talvez você precise de sorte para alguma aventura que surgirá em breve.

Ouvi as duas alternativas como se fossem um oráculo sinistro. A experiência me dizia que a chegada de um estranho sempre traz consigo uma série de complicações. Por outro lado, chamo as aventuras que precisam de sorte simplesmente de calamidades.

Faltava descobrir o que significava "Wabi-Sabi", mas alguma coisa me dizia que isso não demoraria a acontecer.

Animais em risco de extinção

Na faculdade de Filologia, o ano letivo havia terminado e eu dividia meu tempo participando de reuniões de planejamento, corrigindo provas e ministrando aulas complementares a quase ninguém.

Naquela manhã de terça-feira, eu estava distraído, observando a luz do verão entrar pela janela e iluminar uma paisagem de fendas e poeira na velha mesa do escritório. De repente, me vi suspirando.

Desde que concluí meu doutorado em Línguas Germânicas e comecei a trabalhar como professor, tudo mudou entre as paredes daquela faculdade, erguida no final do século XIX, embora parecesse bem mais antiga. Nesta mesma sala onde me esperava uma pilha de provas para corrigir, vi desaparecer a carreira que eu tinha abraçado.

No último curso de Filologia Alemã, tive apenas uma dúzia de alunos interessados no assunto.

Logo a cadeira foi oficialmente "extinta", como se fosse uma fera arcaica e desnecessária, e eu fui integrado ao departamento de Inglês.

Eu mesmo havia me transformado em um animal em risco de extinção.

Minhas aulas de literatura foram reduzidas a uma única aula no doutorado. Fora isso, passei a ensinar a língua de Goethe a estudantes para os quais minha matéria se transformou em verdadeiro suplício. O alemão é como um amante que só o respeita quando você lhe dá exclusividade. Quando vira matéria secundária de um aluno de inglês, pode se transformar em um inferno. As longas listas de substantivos com plural irregular e as declinações são um prato indigesto para quem o saboreia só uma ou duas vezes por semana.

Por isso, depois da extinção da minha cadeira, passei a ser professor de um idioma que provocava nos jovens mais sofrimentos do que alegrias.

Eu dizia a mim mesmo que a única coisa agradável de ter estudantes regulares de literatura era o fato de que a avaliação se tornou algo quase impossível nos tempos do Google. Hoje, corrigir um trabalho sobre determinado autor ou obra exige uma investigação profunda para saber onde o aluno encontrou, em um simples "copiar e colar", aquilo que coloca em seu trabalho.

Quando fiscalizo uma prova na sala de aula, preciso ter mil olhos para que os alunos não usem smartphones, que viraram fontes inesgotáveis de cola.

Estava pensando em tudo isso quando, de repente, a porta da sala foi aberta e uma cabeleira loira e cacheada perguntou se podia entrar. Despertando-me de minhas recordações nostálgicas de professor aos 45 anos, olhei para a garota. Seu rosto triangular recordava o de um gato.

Tinha idade suficiente para estar no doutorado, mas eu nunca a tinha visto.

— Quem está procurando?

— Não sei.

Depois se aproximou e deixou um disco em cima da minha mesa. A capa exibia um círculo feito com uma única pincelada, semelhante aos que fazem os mestres da caligrafia japonesa.

Depois do cartão-postal misterioso com o *maneki-neko*, o fato de uma garota com rosto de gato me mostrar um disco com um símbolo japonês devia ser um sinal, pensei, embora não soubesse de quê.

— Gostaria de saber o que dizem as letras das músicas nesse disco — começou, com voz suave e melodiosa. — Poderia ouvi-lo rapidamente?

Tirou da bolsa um discman, aparelho totalmente obsoleto em tempos digitais. Outro animal extinto. Enquanto me oferecia o fone de ouvido onde já soava uma voz masculina, assumi o papel de professor de alemão que não tem tempo a perder.

— Você precisará ir à Escola Oficial de Idiomas — recomendei. — Aqui nesta faculdade não se ensina japonês.

— Não é japonês — corrigiu-me —, mas uma língua morta que gostaria de entender. Ou, no mínimo, saber que idioma é.

Tomado de surpresa, aproximei o fone do ouvido. Sobre uns acordes de guitarra, um jovem cantava com uma estranha melancolia. Não consegui distinguir uma única palavra do que dizia. Para começar, não me parecia nenhuma língua semítica. Tampouco um idioma arcaico de origem germânica.

A garota de cabelos loiros esperava, impaciente, pelo meu veredito.

— Sinto decepcioná-la. — Devolvi o discman a ela. — Não tenho a menor ideia de...

— Primeiro pensei que era élfico — interrompeu-me —, mas um amigo que está escrevendo uma tese sobre Tolkien me disse que não tem nada a ver.

O telefone da garota-gato começou a tocar. O que me dava um pretexto perfeito para acabar com aquela consulta absurda. Havia me levantado para despachá-la quando ela interrompeu a ligação e me disse:

— Suspeito de que seja atlante.

Fiquei gelado. Fazia dezessete anos que eu trabalhava na faculdade e nunca havia me deparado com uma questão tão insólita. Minha paixão pelas coisas estranhas foi mais forte do que a cautela, e por isso lhe perguntei:

— O que a leva a pensar que seja atlante?

Assim que pronunciei aquela pergunta me dei conta de como soava ridícula e absurda na boca de um professor universitário. A respeito da Atlântida, só existem algumas menções confusas de Platão. Na verdade, nem sequer tinha ouvido qualquer menção à sua língua.

Eu estava prestes a lhe devolver o disco quando o telefone da garota tocou novamente. Ela olhou para a tela muito irritada e finalmente respondeu, como se estivesse em sua casa e não na sala de uma universidade.

— Já disse que não quero saber nunca mais de nada de você. Não fui clara?

Pela expressão contrariada da garota-gato, entendi que quem estava do outro lado da linha não dava o braço a torcer. Ela lhe respondeu com dureza enquanto ia recuando em direção à porta por onde havia entrado. Quando chegou ao corredor, levantei a mão em um aceno de despedida e fechei a porta.

Surpreso diante do que acabara de acontecer, fiquei durante um tempo em pé diante da janela. Nesse momento, uma gaivota monstruosa passou gritando com as asas abertas.

Ao olhar novamente para a mesa, levei um susto. Ao lado das provas que eu deveria corrigir, havia ficado aquele disco com músicas cantadas em uma língua desconhecida. Corri até a porta, mas a garota de cabelos cacheados havia desaparecido.

Havia tantas pessoas no corredor quanto o número de tratados sobre a língua atlante em uma biblioteca.

Você fala atlante?

Ao voltar para casa, na tarde de terça-feira, não suspeitava de que aquele encontro na sala de aula seria apenas o aperitivo de um dia propício a cataclismos de todo tipo.

O gato havia derrubado no chão um jarro que tinha pertencido à avó de Gabriela. Era o único objeto com valor sentimental que ela havia deixado em minha casa, e ela teria um grande desgosto quando voltasse de Paris. Olhei a hora no relógio de parede: 18h12. Era possível que ela ainda estivesse trabalhando na Feira de Arte Contemporânea e tivesse wi-fi, por isso enviei a ela uma mensagem no whatsapp:

Tenho uma má notícia, amor.
Mishima jogou o jarro da sua avó no chão.
A porcelana ficou em mil pedaços,
era mais fina do que eu achava.
Receio que não conseguiremos salvá-lo.
Te amo

Depois de dar meus pêsames, procurei o gato por toda a casa, mas não o encontrei. Sem dúvida, tinha consciência de que havia arrumado uma encrenca.

Enquanto esperava a resposta da minha amada — a dupla confirmação do whatsapp indicava que estava on-line —, eu me sentei no sofá com o computador apoiado nas pernas e a pasta ao lado.

Ao procurar o cartão de um professor ao qual devia enviar um e-mail, encontrei o disco com o círculo japonês. Eu o havia levado para casa, evitando assim que outro professor o jogasse no lixo. Talvez aquela maluca aparecesse para reclamá-lo. Curioso por natureza, não consegui impedir o impulso de colocá-lo para tocar.

A voz do cantor/compositor começou a cantar uma melodia cheia de altos e baixos, como as montanhas-russas da vida. Agucei o ouvido outra vez, para ver se conseguia distinguir alguma palavra, mas nenhuma me soava familiar. Ao mesmo tempo, a intensidade e a paixão do vocalista me levavam a pensar que ele sabia perfeitamente o que estava dizendo.

Mordido pelo mesmo fascínio da garota-gato, examinei a capa do CD até descobrir no verso uma minúscula assinatura: Daniel Lumbreras.

Era um nome apropriado para a única pessoa do mundo que sabia a língua atlante, pensei, achando graça, enquanto digitava seu nome no Google e depois no Facebook. Havia várias pessoas com esse nome, embora não fosse comum, mas a fotografia borrada de um jovem rapaz de Barcelona com penteado de trovador me levou a achar que era ele.

Ao chegar a esse ponto, enviei a seguinte mensagem privada:

Olá, Daniel,
Talvez eu esteja enganado, mas chegou a minhas mãos um disco com um círculo na capa e queria perguntar se é seu.
A garota que o esqueceu na minha sala disse que o disco é cantado em atlante.
Se for verdade, posso lhe perguntar onde aprendeu o idioma?
Desde já obrigado e desculpe o inconveniente.

Depois de apertar ENTER para que a mensagem viajasse até alguém que talvez não tivesse nada a ver com aquilo, disse a mim mesmo que eu não havia mudado tanto desde a época em que lia por prazer um dicionário de palavras intraduzíveis.

Aquele foi o momento escolhido por Mishima para reaparecer com o rabo bem erguido, como se quisesse sondar como estavam os ares na sala de jantar depois de seu feito. Olhou para mim como se estivesse me interrogando e deixou escapar um miado quase inaudível.

— Suba, vamos... Já recolhi os cacos e avisei Gabriela.

Mishima pulou no sofá e esfregou a cabeça em minhas costelas. Neste exato momento meu celular tocou.

— É ela — falei. — Vamos ver o que diz.

Não se preocupe com o jarro. Nada dura eternamente.
Você estará em casa às dez?
Precisamos conversar.
XXX

Saúde a sorte, e a sorte o saudará também

Enquanto esperava dar dez horas, li um livro de Titus sobre o *maneki-neko*, o gato da sorte que havia chegado a mim em forma de um cartão-postal misterioso do Japão.

— *Wabi-Sabi* — repeti para mim mesmo.

Com o assunto do cantor/compositor atlante, havia esquecido de pesquisar o que significava esse termo escrito no cartão-postal. E agora o computador já estava desligado.

O gato da sorte foi escrito por um alemão que assinava como Christopher A. Weidner. Primeiro pensei que se tratava de um pseudônimo, como os que Titus usava para escrever seus livros de autoajuda, mas na orelha direita havia uma biografia bastante longa que me levava a crer que esse era o verdadeiro nome do autor.

O livro reunia diversas histórias sobre gatos que traziam sorte, sob a premissa: "Saúde a sorte e a sorte o saudará também."

Intrigado em saber como se saúda a sorte, fui até a parte final do manual, onde o autor explicava como um desejo se transforma em realidade. Segundo Weidner, ele precisa cumprir seis requisitos:

1. Deve ser pequeno de verdade.
2. Deve ser realizável agora ou no máximo no dia seguinte.
3. Deve marcar o início de algo novo e não pode ser abandonado a médio prazo.
4. Deve ser algo que possamos realizar independentemente de fatores externos, como o tempo ou o apoio de outras pessoas.
5. Deve ser formulado de forma clara.
6. Deve transmitir a sensação de que a transformação é possível.

Enquanto tentava pensar em um desejo para mim, me levantei para esquentar o jantar. Mishima me seguiu até a cozinha, onde esvaziei uma lata de ravióli com molho de tomate em um prato e o enfiei no micro-ondas.

Ao observar o prato girar com aquela refeição de subsistência, pensei em uma cena de *Seinfeld*. O protagonista vai com um amigo a uma lavanderia automática. Conforme observa as meias e outras peças girarem no secador, o humorista confessa: "Creio que este é o momento mais entediante da minha vida."

Eu não podia dizer o mesmo, porque a mensagem de Gabriela havia me deixado tenso. Não me preocupava com o fato de ela querer conversar às dez da noite, já que falávamos a qualquer hora quando ela estava viajando. O que me deixava com uma pulga atrás da orelha era que não tivesse ficado aborrecida com a destruição daquele jarro que, para ela, continha a alma de sua avó.

Por seu caráter impulsivo, era de esperar uma série de impropérios pelo telefone, mas em lugar disso ela havia dito: "Não se preocupe com o jarro." Alguma coisa séria teria acontecido com ela a ponto de ficar indiferente àquele episódio?

O telefone tocou, anunciando que eu não demoraria a saber.

Corri para atendê-lo. Sua voz insegura me confirmou que alguma coisa não ia bem. Depois de vários inícios de frases inacabadas, perguntou-me:

— O que estava fazendo?

— Lendo um livro sobre o *maneki-neko* — respondi, ocultando minha preocupação. — Contém seis regras para atrair boa sorte e realizar um desejo.

— E você já fez o desejo?

— Não, na verdade acabo de me dar conta de que meu único desejo era falar com você, e já estou falando. Agora não preciso de mais nada.

Fez-se um silêncio mais demorado que o normal da linha no outro lado.

— Gabriela? Está ouvindo?

— Estou. Só estava pensando...

— Pensando em quê?

Ouvi-a suspirar, de forma rápida e sonora, no outro lado da linha. Sem entender o que estava acontecendo, enquanto Gabriela hesitava, continuei falando:

— Ah, já ia esquecendo! Antes de ler sobre esse gato da sorte, fiz uma coisa estranha porque recebi um cartão-postal do Japão que ainda não sei de quem é. Escrevi para um homem que não conheço e que aparentemente canta em atlante. Deve ser o único. Não é...?

— Samuel — interrompeu-me. — Acho que precisamos dar um tempo.

Como uma profecia que se cumpre imediatamente, a frase de Gabriela foi seguida por um longo silêncio. Agora era eu quem não tinha ânimo para falar. Senti um suor frio empapar minha nuca. Aferrado ao telefone como se fosse uma tábua de salvação, esperei que ela terminasse.

— Não pense que estou com algum homem ou que me apaixonei por outro. Já sei que as coisas costumam ser assim, mas não é o meu caso. Estou sozinha.

— Eu também — respondi, um pouco aliviado. — Somos duas almas solitárias que se encontraram no meio da tormenta. Não é isso o que dizemos sempre? Por isso cada um vive em sua casa.

— E foi muito bom, Samuel.

Nesse ponto sua voz falhou. Pude ouvi-la soluçar, apesar de ter afastado o fone. Enquanto esperava, comovido, que ela voltasse a falar, aquele "foi muito bom" se expandia em minha cabeça como uma bomba devastadora.

Fazendo das tripas coração, tentei voltar ao assunto aparentando frieza, embora me sentisse afundando aos poucos.

— Não sofra por mim, Gabriela. Conversaremos quando você voltar a Barcelona. Agora vá dormir.

Um terceiro silêncio precedeu o golpe final.

— Não voltarei, Samuel.

Uma música luminosa que o conserta por dentro

Prezado amigo,

Fico feliz pelo fato de um professor universitário como você (eu também investiguei e encontrei seu e-mail da faculdade; prefiro-o ao Facebook) estar ouvindo meu disco e se interessar por ele.

Sei que a qualidade do som não é boa. Decidi gravar as canções porque começava a esquecê-las. Eu as compus porque já não cabiam mais na minha cabeça. E conforme ia gravando as músicas, vi que podia fazer uma primeira versão demo.

Apesar do som, creio que a qualidade das canções não se perdeu. Além disso, seguem um modelo uniforme: sempre uma única voz e uma guitarra. Sem nenhum outro instrumento. De uma tacada. Uma uniformidade que pode tornar a audição monótona, isso sim.

A respeito da questão do idioma, não há nenhum idioma. Só a voz, que é usada como mais um instrumento. Puro improviso. A melodia é mantida, mas os sons mudam. Nunca se repetem. Isso me permite criar no presente, expressar as emoções que sinto naquele exato momento. É estranho, mas creio que esse imediatismo é sentido de alguma maneira pelo ouvinte.

Do ponto de vista da minha experiência pessoal, quando canto dessa forma consigo expressar emoções que não sou capaz de registrar com palavras. Sempre admirei a luminosidade e a força (de espírito) dos meus gurus musicais. Uma música luminosa que o conserta por dentro, que faz você se sentir melhor, que lhe dá força e coragem, que lhe dá esperança.

Se algum dia eu conseguir transmitir esses valores, me sentirei realizado.

Gosto de dizer que em nenhum país me entendem, mas, ao mesmo tempo, todo mundo poderá me entender. Há um caráter universal nisso tudo.

Por outro lado, há uma espécie de dissolução do eu. Creio que nossa linguagem é parte fundamental da construção da própria identidade. Serve para que pensemos em nós mesmos.

Quando canto, realmente sinto que não sou eu quem canta. Experimento uma espécie de vazio. Não há ninguém. Ou talvez seja o contrário: sou mais eu do que nunca. Criando minha própria linguagem, mutável a cada instante, como a própria realidade.

Sou grande fã de Nietzsche, Wittgenstein e Foucault, e de seus estudos sobre a linguagem, sobre como ela determina nossa maneira de ver e entender o mundo.

Mas tudo isso são palavras. Estou complicando as coisas, eu sei. Mas o importante é a música e o fato de que o impulso que me leva a cantar dessa maneira seja natural e espontâneo. Creio que procede de um espírito inocente e ingênuo.

De fato, na infância eu já cantava assim. Dormia com meu irmão no mesmo quarto, em um beliche, e ele logo conciliava o sono. Então eu, na parte de cima, às escuras, começava a cantar. Não sei que diabos eu cantava. Era uma criança e ainda não tinha discos nem canções favoritas. Simplesmente cantava.

Mas, bem, como ouvi dizer várias vezes, a inocência da criança vem de berço. A inocência do adulto é fruto de todo um trabalho. Eu não sei se a mantive, se a recuperei, ou se acredito que a tenho e na realidade não tenho.

Enfim, como pode ver, falar destes temas é apaixonante para mim. Perco a noção. E, afinal, falei pouco de música.

Um forte abraço e até logo!

DANIEL LUMBRERAS

Arqueologia sentimental

Eram quatro da madrugada, e eu continuava inerte. Submerso em uma banheira com água já fria, meus pensamentos oscilavam entre a ligação de Gabriela e aquele longo e profundo e-mail.

Com muita frequência, as coisas na vida não acontecem como esperamos. Eu havia previsto que levaria uma bronca pela história do jarro quebrado e, em vez disso, o que havia se quebrado, pelo menos por enquanto, era nossa relação. Imaginava que minha pergunta ao cantor/compositor atlante seria respondida com um silêncio ou umas poucas linhas, mas havia recebido uma carta que eu releria muitas vezes nos dias seguintes.

O mundo é imprevisível, mas os sábios insistem que tudo acontece quando tem de acontecer. E isso é o mais preocupante. Eu não entendia por que, depois de oito anos, Gabriela havia provocado exatamente agora o afundamento de nossa Atlântida pessoal.

Tentando ignorar que estava congelando de frio, repassei nossa trajetória para tentar entender como havíamos chegado a esse ponto. Até o ponto de não voltar de uma viagem de trabalho que deveria durar no máximo umas duas semanas.

O início de nossa relação havia sido, ao mesmo tempo, estranho e emocionante. Eu conheci Gabriela quando ela ainda era uma menina e nos reencontramos quando eu já passava dos 35. Depois de alguns meses de hesitações, começamos a sair. Duas décadas e meia sem saber nada um do outro fornecem combustível para muitas conversas que costumam obedecer a um roteiro preestabelecido que é seguido por todos os casais que estão começando uma relação.

Depois de fazer amor como loucos, tem início a fase da arqueologia sentimental. Cada um se sente obrigado a repassar a história de seus romances e a buscar explicações para o fracasso dos relacionamentos anteriores. Isso pode chegar a ser entediante, sobretudo no começo, quando cada um só pensa em se jogar em cima do outro. Mas é um porto seguro para conversar quando o casal está passeando pelo parque, jantando ou se espreguiçando na cama depois de uma noite apaixonada.

Há uma certa "excitação" em saber o que levou o outro a dividir a cama com pessoas muito diferentes de nós. Da mesma forma, interessa-nos descobrir o que "falhou" nas histórias anteriores para não cometermos os mesmos erros. Você está apaixonado e deseja que aquilo que está construindo permaneça.

Nessa primeira fase, tive muito pouco a contar, porque tive mais amores platônicos do que reais. E, a partir dos

30, nem platônicos: eu me fechei em minha concha como um caracol, transformando o mundo inteiro em um território hostil.

Por sua vez, Gabriela me contou as três relações que considerava importantes. Imaginei que o resto eram casos. Ela não se estendia muito nos detalhes, porque tinha fixação em apagar o passado, como se a argila que nos transforma naquilo que somos fosse um material indigno que precisasse ser enterrado bem fundo.

Tinha dificuldade de falar especialmente dos anos em que viveu no Japão, onde dava aulas de inglês. Ela morou em Osaka e, quando não estava com seus alunos, lia antologias de contos em inglês em um quarto alugado.

Alguma coisa grave aconteceu com ela ali para ter resolvido voltar de repente. Nunca quis me contar o motivo. Simplesmente não queria falar.

Voltando à arqueologia sentimental, quando termina a fase em que as histórias se tornam conhecidas, começa o verdadeiro desafio. O casal não pode mais se apoiar nas dificuldades do passado e só conta com o presente, que se desenrola, na maioria das vezes sem grandes acontecimentos, dia após dia.

Em vez de irritar o outro contando sobre um passeio de carro com uma garota da sua turma, você faz um resumo de como foi sua jornada de trabalho. A princípio é engraçado, porque você não conhece os atores do pequeno drama cotidiano que é representado no teatro profissional. Mas quando ouviu a mesma história cem ou mil vezes, a coisa começa a cansar.

Os problemas são sempre os mesmos, e os conselhos que você pode dar ao seu companheiro também são sempre os mesmos.

É nesse ponto que o fascínio que alimenta o fogo do amor começa a morrer.

As razões do anjo

Às cinco da madrugada troquei a banheira onde estava prestes a sofrer uma pneumonia pelo sofá e um cobertor leve. Procurando algum tipo de âncora que me prendesse à felicidade do passado, assisti pela enésima vez a *As asas do desejo.*

É curioso constatar a ação do tempo nos clássicos modernos, como este de Wim Wenders. Protagonizado por um anjo que decide se tornar humano, a obra mantem sua beleza através das imagens em preto e branco — a maioria — e do inspirado texto de Peter Handke, que escreveu o roteiro com o diretor.

O ritmo, no entanto, é insuportavelmente lento para esta época de smartphones e redes sociais. Não sabemos mais ficar quietos diante de uma tela onde não acontece nada. Ou quase nada.

Mesmo assim, talvez porque estivesse catatônico diante do choque, do frio da banheira e da falta de sono, gostei de ver mais uma vez as razões que levaram o anjo a renunciar à eternidade.

É maravilhoso viver só em espírito e, dia a dia, eternamente, descobrir a parte espiritual das pessoas. Mas, às vezes, me canso de minha existência espiritual eterna. Então fico com vontade de não flutuar mais pelas alturas, quero perceber que tenho peso, quero anular as ausências de fronteiras e me amarrar à Terra.

A cada passo, a cada lufada de vento, gostaria de poder clamar:

"Agora, agora, agora!"

E não dizer mais "desde sempre" ou "eternamente".

Sentar-me em uma cadeira e jogar cartas. Que me cumprimentem... mesmo que seja com um pequeno movimento de cabeça.

Enquanto meus olhos iam se fechando, pensei que foi assim que me senti ao descer do céu dos autores alemães e dos compositores de música clássica para amar Gabriela.

O homem que se afastou do mundo graças às asas da arte e da cultura, meus refúgios contra a realidade externa, voltou à Terra para viver os prazeres simples.

... como deve ser agradável voltar para casa depois de um dia cansativo e dar de comer ao gato, como faz Philip Marlowe. Ter febre, sujar os dedos de tinta ao ler o jornal, entusiasmar-se não apenas pelas coisas espirituais, mas pelas comidas, pelo contorno de uma nuca, por uma orelha.

Mentir. Como um ladrão. Perceber que o esqueleto se move com você ao caminhar.

Supor as coisas, por fim, em lugar de saber tudo. Poder dizer: "Ah! Oh!" e "Ai!" em vez de "Sim" e "Amém".

"Ah!", "Oh!", "Ai!" eram três coisas que eu podia dizer e repetir, dadas as minhas circunstâncias. Esse foi o último pensamento que tive antes de adormecer.

O Templo do Pavilhão Dourado

Despertei pouco antes das nove da manhã. Um sentimento ainda mais amargo que o da madrugada me invadiu.

Na confusão da noite, meu drama parecia fazer parte de um pesadelo ou de uma ressaca, embora não tivesse bebido uma única taça. Havia me fundido ao anjo do filme enquanto a humanidade dormia à espera de um novo dia.

Sob a luz ofensiva da manhã, só me restava aceitar aquilo em que havia me transformado: um homem sozinho contra a vontade.

Enquanto me barbeava para ir à faculdade — embora naquela manhã não tivesse nem provas nem aulas complementares —, contemplei os cabelos grisalhos que haviam acabado de vencer a batalha contra os pretos. Também as bolsas sob meus olhos estavam mais proeminentes, ainda que as lágrimas da noite pudessem ter influência nisso.

Talvez devesse ligar para saber como ela está pensei, passando a loção pós-barba. Dizem que aquele que abandona sofre mais do que a pessoa abandonada.

Vesti-me todo de preto, em harmonia com meu estado de espírito, e me arrastei até a porta como uma fera cansada. Já estava saindo quando percebi que outro cartão-postal estava sob meus pés.

Deduzi que o carteiro o havia deixado ali de manhã bem cedo, aproveitando que estava levando alguma correspondência registrada a Titus.

Exibia um esbelto templo oriental no meio de uma paisagem montanhosa. Não tive a menor dificuldade em adivinhar que a procedência era a mesma do postal daquele gato que me trouxera tanta má sorte.

O selo e o carimbo eram japoneses, e em um canto do verso constava que a fotografia do Templo do Pavilhão Dourado em Quioto. Como o cartão anterior, meu nome e endereço haviam sido escritos com primorosa caligrafia e caneta-tinteiro.

Era desconcertante não saber quem estava me enviando aquilo, sobretudo levando-se em consideração que eu jamais havia estado no Japão. O mais inquietante, no entanto, era o que estava no espaço reservado ao texto.

Estava completamente vazio.

Umami

Extremamente confuso e sonolento para fazer algo que fosse proveitoso, achei que o melhor era mudar minha rotina naquela terça-feira. Subi ao apartamento de Titus procurando um pouco de calor humano.

Como a cada dia da semana, incluindo sábados e domingos, o velho escritor estava em sua mesa diante do computador cercado de livros. Sua capacidade de trabalho era incansável, embora seu corpo parecesse se encolher todos os dias um pouco mais. Com a cabeça completamente raspada, me levava a pensar nos monges zen de templos como o do Pavilhão Dourado.

A punhalada que eu havia sofrido era muito recente para que eu falasse dela e, por isso, comecei pelo outro assunto:

— Recebi outro cartão-postal.

Deixei-o em cima da mesa para obrigá-lo a desviar os olhos do computador. Depois de uma primeira olhada, tirou os óculos para limpá-los e examinou os dois lados do cartão-postal.

— Parece que você tem um amigo fiel em Quioto. O outro foi enviado da mesma cidade.

— Amigo fiel? Não conheço ninguém em Quioto nem em nenhum lugar do Japão. Deve ser um engano.

— Nenhum equívoco acontece duas vezes da mesma maneira. Além do mais, seu nome e endereço estão escritos no espaço reservado ao destinatário. Não há erro.

Peguei um banco para me sentar ao seu lado, como um menino que procura o conselho e a proteção do pai. Eu precisava das duas coisas, porque estava ferido e perdido como um cão na estrada.

Titus deve ter percebido alguma coisa, pois colocou a mão no meu ombro e disse:

— Vou fazer *kabusecha* e conversaremos com calma.

Fiquei ali, quieto, olhando o circuito de trens que Titus acionava quando precisava de inspiração. Sob a mesinha que servia de suporte, Mishima — que havia me seguido até ali — observava a cena com os olhos cheios de expectativas.

O anfitrião voltou com uma chaleira de ferro fundido e duas xícaras de formato irregular.

— São japonesas, como seu amigo. — Piscou o olho para mim. — Beberemos à sua saúde esta infusão de *kabusecha*, que está a meio caminho entre o *sencha* e o *gyokuro.* Tudo é uma questão de *umami.*

— Não entendo uma palavra do que você está dizendo, Titus.

O escritor se sentou ao lado da escrivaninha, com a cadeira giratória voltada para mim, e encheu as duas pequenas xícaras com um líquido verde. Um suave aroma de erva fresca tomou conta da sala.

— Ultimamente tenho me interessado muito pelo universo do chá — disse. — Ao meu corpo restam poucas horas de voo e, por isso, tomo todos os antioxidantes que posso para retardar o momento em que tudo ficará completamente fodido.

Lembrei-me da angina que ele havia sofrido alguns anos atrás, fato que me obrigara a fazer por ele o trabalho de escritor. Fracassei estrepitosamente.

— As três variedades que mencionei dependem apenas da forma de cultivar a mesma planta — continuou, orgulhoso de poder revelar a alguém sua mais recente paixão. — O *sencha* é um chá verde natural. Cresce sob a luz do sol desde o princípio até o momento da colheita. No outro extremo temos o *gyokuro*, o champanhe dos chás verdes. As folhas são cobertas conscienciosamente até serem colhidas. Entre os dois está o que beberemos agora. Prove...

Levei a xícara aos lábios para tomar o primeiro gole da infusão, que era suave e um pouco amarga.

— O *kabusecha* tem um ponto médio de *umami*, porque se permite que passe um pouco de luz solar enquanto a folha cresce.

— Mas... que diabos é o *umami*?

— É o amargor do chá. — Os olhos afundados de Titus exploraram meu rosto. — E agora, parando para pensar, há um grande simbolismo entre o *umami* e os assuntos humanos.

Aproximou a xícara do nariz e aspirou o aroma do *kabusecha* antes de dar um gole. Esperei em silêncio que continuasse.

— Quanto menos luz a planta recebe durante seu crescimento, mais *umami*. A mesma coisa acontece com as emoções humanas. Se você não arejar suas preocupações, elas irão fermentando em seu ser até se transformar em amargura.

— Você leu isso no meu rosto? — perguntei, espantado.

— Sim. Desembuche, Samuel. O que aconteceu?

O mundo gira

Reproduzi com detalhes o telefonema da noite anterior enquanto Titus fazia circular seu trem elétrico pelos trilhos. Cada vez que o trem passava por Mishima, o gato batia com o rabo no solo de parquet. Quando acabei de falar, Titus ficou ainda um tempo olhando aquela cena com expressão concentrada. Depois se virou lentamente para mim e sentenciou:

— Não há nada que você possa fazer neste momento. Só aceitar a natureza *Wabi-Sabi* de todas as coisas, incluindo o amor.

— Esse termo estava escrito no primeiro cartão-postal... — surpreendi-me, em voz alta. — Você descobriu o que é *Wabi-Sabi*?

— E como! Descobri até que Gottfried Kerstin decidiu escrever um livro inteiro sobre o tema. Já encontrei uma editora interessada em publicá-lo e hoje mesmo escrevi o prólogo.

Agucei os ouvidos imediatamente. Lembrei-me de quando Titus havia começado sob um pseudônimo um de seus livros, *Pequeno curso de magia cotidiana*, e eu o havia terminado devido à sua doença.

— Leia e entenderá o que estou falando.

Clicou duas vezes em um documento que estava em seu computador. De fato, Gottfried Kerstin apresentava um conceito muito arraigado na cultura japonesa.

> *Há toda uma concepção estética e, ao mesmo tempo, uma filosofia de vida sob a expressão* "Wabi-Sabi".
>
> Wabi-Sabi *se refere à beleza do que é imperfeito, temporal e incompleto. Essa concepção, como tantas outras coisas da cultura japonesa, é inspirada na observação da natureza. Nada é perfeito na natureza, ou pelo menos não no sentido geométrico euclidiano como concebemos a perfeição no Ocidente, dado que é cheia de assimetrias. Nada é permanente na natureza, já que tudo na vida nasce e morre e está em constante mudança, pois a ideia de completude é apenas uma abstração criada pela mente do homem.*
>
> *A filosofia do* Wabi-Sabi *surgiu em oposição ao perfeccionismo chinês do século XVI e está presente na cerimônia do chá, na arte japonesa da composição floral (ikebana), nos haikais e no teatro nô.*

— Nada é permanente... — repeti. — É a isso que você se referia ao falar do amor?

— Ao considerarmos o amor mais uma das artes humanas, segundo os japoneses estaríamos seguindo os princípios do *Wabi-Sabi*. É imperfeito, porque todo casal é a soma e a fricção de duas imperfeições. É inacabado, pois as relações não param nunca de evoluir, para o bem ou para o mal. E é temporal e perecível, sim. É preciso aproveitá-lo enquanto durar.

— Então... você não acredita que o amor possa ser eterno, como nos romances ou nos filmes românticos de Hollywood.

Titus parou o trem, como se sua opinião sobre o tema já estivesse bem-definida. Curvado diante de mim, dirigiu-me um olhar cansado e afirmou:

— Não pode sê-lo de maneira alguma. Até mesmo um casal que vive maravilhosamente bem terá fim, pois um morrerá antes do outro. — Ele ficou pensativo durante um tempo antes de prosseguir: — A não ser que cometam alguma loucura juntos, claro.

— Talvez você tenha razão — suspirei —, mas isso não serve de consolo quando se acaba de tomar uma porrada.

— Agora você está ferido, mas esse sentimento também passará.

Não soube o que dizer. Enquanto conversava com o velho escritor, eu me perguntava quando teria sido a última vez que Titus havia desfrutado o amor. Ele já era solteiro quando o conheci, e eu sabia que ele havia tido uma relação, mas que ela havia chegado ao fim porque — segundo ele — sua mulher martelava sua cabeça como um bumbo, e ele precisava de calma.

— Gabriela tampouco disse que tudo acabou — defendi. — Só disse que precisa de um tempo. Talvez, depois de passar um tempo vivendo com sua amiga, ela resolva voltar para mim.

— Ou talvez não volte nunca. Não tenha nenhum tipo de expectativa ou correrá o risco de esperar o ônibus de uma linha que foi desativada.

— Eu achei que você me animaria, Titus — protestei —, e cada vez mais você torna as coisas obscuras. Por que não podemos ter uma segunda chance? Eu não sinto que tenha acabado para sempre.

— O mundo gira.

Essa frase desconcertante concluiu nossa conversa. Os minutos iam passando, e Titus queria continuar trabalhando em seu manuscrito.

Agradeci a ele o chá e sua tentativa de me ajudar, embora me sentisse ainda mais desolado do que antes de passar em seu estúdio.

Estava prestes a sair quando ele levantou a cabeça e acrescentou:

— Eu, se fosse você, iria visitar seu amigo, aproveitando que o ano letivo está terminando. Será melhor se afastar durante um tempo de sua zona de conforto.

— Está falando de qual amigo?

— Desse que envia cartões-postais de Quioto. Nada acontece por acaso, você está cansado de saber o que penso. Se estão chegando justo neste momento, é porque você tem que seguir o fio da meada e descobrir alguma coisa. É o que eu faria, se fosse você.

Amor *Wabi-Sabi*

Passei o resto da terça-feira na cama esperando um telefonema que não aconteceu. Havia escrito umas duas mensagens para Gabriela, que me respondeu muito sucintamente. Tinha se fechado em seu mundo e só Deus sabia quando sairia dele.

Com o computador em cima dos joelhos, me distraí pesquisando sobre a beleza da imperfeição acerca da qual Titus estava escrevendo agora. Em minha viagem pelo Google, apareceu um livro de 2012, "Wabi-Sabi Love", que, ironicamente, era sobre a arte de preservar o amor, e uma canção com o mesmo título lançada dois anos antes.

Escutei a canção no Spotify. Uma voz rouca cantava sobre uns acordes distorcidos de guitarra.

Where is magic gone?
Clouds wrap your bright soul.
Embrace me,
I'm a child now
*begging for a smile.**

* Para onde foi a magia? / As nuvens envolvem sua alma radiante / Me abrace, / agora sou uma criança / que implora por um sorriso. (*N. do A.*)

Como costuma acontecer nesses casos, a canção parecia tratar de nossa história infeliz. Talvez, de fato, em algum momento desses oito anos de convivência, a magia tivesse ido embora sem que eu me desse conta, e Gabriela houvesse se sentido sufocada pelas coisas do cotidiano.

Poderia se tratar de uma simples diferença de expectativas.

Embora nunca tivéssemos morado juntos, eu gostava dos rituais que tínhamos. Umas duas vezes por semana, eu ia esperá-la na saída do trabalho — havia trocado a loja de discos por uma galeria de arte — ou então ela vinha me buscar. Íamos ao cinema — sempre filmes legendados — e depois jantávamos. Acabávamos um na casa do outro fazendo amor. Era assim, uma semana depois da outra. Quase nunca saíamos nos fins de semana: ela dizia que ficava deprimida ao se juntar à multidão lá fora e preferia ficar lendo em casa.

Stop complaining low,
life is pure imperfection.
Things are bumpy and rough,
*that's what's so funny about it.**

Reconheci de novo na letra de "Wabi-Sabi Love" algo que Gabriela sempre havia me jogado na cara. Dizia que eu reclamava como um velho porque o mundo não funcionava como eu queria, e que era incapaz de viver a vida tal como era.

---

* Pare de se queixar em voz baixa, / a vida é pura imperfeição. / As coisas são irregulares e instáveis / e essa é a graça. (*N. do A.*)

Cada obstáculo demonstrava, segundo minha visão, que o ser humano foi lançado em um mundo sem justiça cósmica. As coisas acontecem porque têm que acontecer, — nisso eu pensava bem diferente de Titus — e não devemos procurar motivos. Somos náufragos do azar.

Gabriela não gostava da minha perspectiva das coisas. Preferia acreditar em um destino que nos guia, e agora rompia comigo. Talvez achasse que eu já tinha lhe dado tudo o que poderia dar. Havia me tornado previsível. Depois do tempo que me pediu, ela procuraria alguém mais transgressor? Um artista, talvez, desses que promovia em sua galeria?

Sem dúvida teriam mais assuntos em comum do que um professor de alemão pobre que vivia com um gato.

Acomodado aos meus pés, Mishima miou, como se tivesse ouvido meu lamento. A canção estava acabando, como havia terminado minha primeira — e talvez última — história de amor.

Wabi-Sabi love,
circles never close.
Let's crash
our unwise dreams
*against the world.**

---

* Amor *Wabi-Sabi,* / os círculos nunca se fecham. / Vamos atirar / nossos sonhos insensatos / contra o mundo. (*N. do A.*)

Como lutar contra a solidão

Sem que tivesse me livrado daquela letargia, selecionei no Spotify um álbum de Wilco, uma das poucas bandas que me agradam — talvez pela semelhança com os Beatles — quando não ouço música clássica.

Nunca entendi o título desse disco, *Summerteeth*, mas ele contém algumas das minhas músicas favoritas do grupo de Chicago. Em especial "How to Fight Loneliness", que um dia eu soube de cor, embora não oferecesse conselhos para alguém como eu.

Drag your blanket blindly
Fill your heart with smoke
And the first thing that you want
*Will be the last thing you ever need.**

Meu perfil é mais o de um homem antiquado que chora ouvindo Bach que o de um roqueiro que se entrega às drogas para esquecer seu coração partido.

* Arraste seu cobertor às cegas / Encha seu coração de fumaça / E a primeira coisa que desejará / Será a última da qual precisa. (*N. do A.*)

Como diria um terapeuta diante da minha situação patética, se pretendesse seguir em frente eu teria que me sociabilizar. Ficar em casa com Mishima só serviria para pensar sem parar no amor *Wabi-Sabi*. Em uma relação que, talvez, como uma folha caída, nunca mais voltaria à vida.

Não é fácil, no entanto, fazer um inventário de amigos quando você passou a vida toda sem sair com ninguém — com exceção de Gabriela —, e sua vida social se limita a um gato e a um velho escritor que está sempre ocupado.

Meu círculo de amigos era de deixar qualquer um deprimido.

De repente, senti falta de Valdemar, um homem excêntrico que estudava a face oculta da Lua. Não era uma pessoa fácil, mas com frequência eu recordava as longas conversas que tivemos sobre assuntos muito exóticos. Cheguei a acolhê-lo em minha casa. Mais exatamente no apartamento de Titus, quando ele estava hospitalizado.

Um dia ele desapareceu como havia chegado, deixando ali seu manuscrito sobre a Lua, e eu nunca mais soube dele. Não encontrei seu rastro no Facebook e muito menos no LinkedIn, pois Valdemar não havia tido nenhum trabalho desde tempos remotos.

Desaparecido em combate.

As coisas acabariam da mesma forma com Gabriela? A vantagem de não termos morado juntos era que ela não guardava nada em minha casa, afora aquele jarro que não existia mais. Quer voltasse ou não de Paris, talvez ela também desaparecesse da minha vida.

Tentei afastar esses pensamentos funestos e resolvi responder o longo e-mail de Daniel Lumbreras. Meu estado de espírito não estava para muito lirismo, mas escrevi que havia gostado muito da sua mensagem e que gostaria de ir algum dia a um show seu.

Uma vez enviada a mensagem, o vazio e a solidão voltaram ao meu quarto ainda com mais força.

Foi então que pensei em Meritxell. Além de ser a veterinária de Mishima desde que o encontrei — ele já havia vivido meia vida de felino —, ela também era quase uma amiga.

Fazia quase um ano que não conversávamos, por isso resolvi ligar para seu celular com uma desculpa qualquer. Como se fosse capaz de ler o número que eu digitava, o gato pulou da cama e se esgueirou para fora do quarto.

— Samuel, é você?

— Sim. — Não tinha certeza de que isso fosse verdade. — Faz muito tempo que não levo Mishima para uma consulta de rotina.

— Está acontecendo alguma coisa com ele?

— Não que eu saiba... — Apressei-me em improvisar alguma coisa. — Bem, ultimamente tem coçado muito a orelha. Talvez seja melhor ver se não está com pulgas.

— Se estiver se coçando com muita frequência, leve-o ao consultório, embora eu não vá poder atendê-lo — disse com seu característico tom direto. — Não poderei encostar em gatos durante um tempo.

— Então não está trabalhando?

— Neste momento, não.

Neste ponto me dei conta de como aquela conversa era absurda. É necessário estar muito pirado para procurar calor humano na veterinária do seu gato, mas, de repente, Meritxell disse:

— Estou bem perto da sua casa, sabia? Vim para Gracia fazer umas compras. Se quiser...

— Tomamos um café? — adiantei-me.

— Claro. Vamos ao café Canigó. Preciso contar a você uma coisa importante.

Uma oferta inesperada

Às cinco e dez da tarde, eu me encontrei com Meritxell na porta de um antigo café de Gracia. E logo fiquei sabendo o que era a tal coisa muito importante que ela queria me contar.

Um ventre mais do que proeminente revelava que ela se encontrava em estágio avançado de gravidez. Afora isso, era a mesma jovem serena e de feições bonitas que eu conhecera muitos anos atrás. Sorriu como se achasse muito engraçada minha surpresa diante de seu estado.

— Parabéns — disse-lhe, inclinando-me para beijá-la no rosto. — Não sabia que...

— Nem eu sabia há alguns meses, e de repente ..

Enquanto nos sentávamos naquele café de pé-direito alto cheio de ventiladores, ela me disse que eu devia estar muito chato. Não entendi o que ela quis dizer. Imitando o novo hábito de Titus, pedi um chá-verde antes de brincar:

— De repente? Você fala com a serenidade de quem vê crescer um cogumelo.

Meritxell riu da minha ideia, então aproveitei para admirar a harmonia de seu rosto. Tinha alguma coisa que transmitia paz. Sua voz grave e nada estridente talvez também contribuísse para isso.

— Não tenho namorado — soltou de repente. — A criança terá que ser criada sem pai.

Essa confissão à queima-roupa me surpreendeu. Enchi a xícara com a infusão enquanto me atrevia a lhe perguntar:

— O pai a abandonou?

— Não sei quem é — confessou com uma expressão engraçada diante de minha surpresa. — Foi inseminação.

Levei a infusão — pior que a de Titus — aos lábios, pensando que a veterinária era ainda mais valente do que eu imaginava. Também entendi o que havia me dito a respeito de sua licença. É aconselhável que grávidas não se aproximem de gatos.

Tomou um gole de água com gás antes e disse:

— Daqui a pouco vou fazer 40 anos e me cansei de esperar pelo homem com quem formaria uma família. Depois de algumas decepções, decidi tornar meu sonho realidade sem depender de ninguém.

— Você será uma mãe excelente — foi o que consegui dizer.

— Pelo menos vou tentar. O amor que sinto por esta criança que ainda não conheço me ajudará a lutar.

— Talvez o começo seja difícil... — pensei em voz alta. — Quando a criança tiver 4 meses e você for obrigada a voltar ao trabalho... Tem família aqui perto?

— Não tenho ninguém. Não tenho irmãos, e faz tempo que meus pais morreram. Nasci quando já eram velhos.

— Nesse caso é admirável o passo que você está dando. Há futuros pais e mães que ficam apavorados mesmo tendo uma grande família ao redor.

Meritxell agradeceu meu comentário com um sorriso que fez seus olhos brilharem. Depois me perguntou como estavam indo as coisas. Não omiti nada, mas também não me estendi nos detalhes. Ela tampouco quis saber muito das causas da minha separação, o que lhe agradeci, pois, de fato, nem eu as conhecia.

Assim como acontecera com Titus, no entanto, o assunto dos cartões-postais a fascinou. Ela me deu o mesmo conselho:

— Eu, se fosse você, iria procurar esse amigo desconhecido.

— Não sei quem é a pessoa que me enviou os postais. Sei apenas que vieram de Quioto.

— A antiga capital do Japão. — Ela suspirou. — Sempre quis conhecê-la. Mas levarei um tempo até conhecê-la... E também não tem o endereço do remetente?

— Creio que não, embora o primeiro cartão, o do gato, tenha no verso o endereço de um ateliê.

— Um lugar onde fazem *maneki-nekos*?

— Acho que não... Tenho certeza de que esses gatos vêm da China. Escrevem "ateliê" com letras latinas, o que me faz acreditar que tenha algo a ver com o *Wabi-Sabi*. — Eu havia lhe explicado o que significava a palavra escrita com caneta-tinteiro. — Ou talvez não, quem sabe.

— Vá e pergunte se o cartão foi enviado por alguém desse ateliê.

— Isso é absurdo! Não conheço ninguém lá e não faço ideia de como poderiam ter meu endereço.

— Mais um motivo para ir! Além disso, você não disse que entrará de férias daqui a duas semanas?

— Você fala como se Quioto ficasse ali na esquina — resmunguei enquanto pensava pela primeira vez na possibilidade de cometer essa loucura. — Devem ser quinze ou dezesseis horas de voo.

— Não deve ser muito diferente de quando você fica lendo em casa — provocou-me. — O tempo vai passar voando. Só me prometa que estará de volta no final de julho.

— Tenho que estar, por causa da faculdade... — acrescentei, achando estranho. — Por que diz isso?

— A verdade é que tenho um pouco de vergonha de perguntar...

Seus olhos pequenos se voltaram para a porta de vidro, através da qual se via a praça da Revolução sob a luz do entardecer. Em seguida, me olhou fixamente.

— Você gostaria de ser padrinho do meu filho?

Preparativos para viagem

Passei os dias que se seguiram em um estado de espírito que variava aleatoriamente entre a tristeza, a confusão e uma esperança intermitente. Esta última se alimentava da sugestão surpreendente que Meritxell me fizera e que eu havia aceitado sem saber por quê.

Bem, na verdade eu sabia, sim: dentro do abismo existencial em que havia caído — estava à beira da depressão —, o fato de que uma mãe solteira tivesse pensado em mim para ser padrinho de seu filho me parecia, no mínimo, uma ótima ideia.

Certamente era apenas a veterinária do meu gato e fazia um ano que não nos víamos, mas me confortava saber que, em algumas semanas, alguém estaria esperando por mim em algum lugar.

Por outro lado, à medida que eu assimilava que Gabriela havia me abandonado, tudo o que tinha a ver com ela me feria, inclusive minha própria cidade. Animal cheio de hábitos, minha rota habitual — novamente de homem solitário — era um campo minado, uma vez que havia estado com ela por todos os lugares.

Gabriela tinha me acompanhado à faculdade muitas vezes depois de passar a noite em minha casa. Havíamos percorrido juntos mil vezes a rua Verdi de cima a baixo, para tomar um vinho na Bagnoire, olhar as estantes da livraria Taifa ou entrar no cine Verdi para assistir a algum filme indie.

Todo meu mundo me lembrava de sua ausência.

A ideia de partir, por mais estúpido que fosse o motivo, começou a tomar forma em minha cabeça. Quioto, por que não? Titus e Meritxell insistiam em que eu fosse, eu embora tivesse tentado entrar em contato com o ateliê do *Wabi-Sabi* sem receber nenhuma resposta.

Até Daniel Lumbreras havia desaparecido depois daquela extensa mensagem.

Sozinho e com um longo verão pela frente, eu definitivamente precisava mudar de ares, e a velha Quioto seria um lugar tão bom quanto qualquer outro.

Minha mentalidade germanizada me levou a elaborar imediatamente a logística desse plano. O consulado japonês me informou que não precisaria de nenhum tipo de visto, desde que minha visita não ultrapassasse noventa dias.

Colocaram-me em contato com uma agência de turismo japonesa, onde comprei uma passagem para viajar durante quinze dias por todo o país no *shinkansen*, o trem-bala, embora não tivesse a menor intenção de fazer turismo. Também me providenciaram a preço de ouro quatro dias de hospedagem em um *ryokan*, o alojamento tradicional de Quioto.

Comprei a passagem de volta, sem data marcada, pela Qatar Airways, via Doha. Um guia Lonely Planet do Japão completava meu kit de viagem.

Quando reuni tudo na escrivaninha de casa, percebi que só me restava uma coisa para resolver: quem cuidaria de Mishima enquanto estivesse no país de onde vinha seu nome?

A resposta estava no andar de cima.

Já era domingo quando subi para dizer a Titus que estava finalmente partindo e que o gato ficaria sob o trilho dos trens durante duas semanas. Duvidava que eu fosse aguentar mais tempo em um país tão diferente daquele ao qual estava habituado.

A porta foi aberta com o zumbido de sempre. À medida que atravessava o corredor onde estava pendurado *Viajante sobre o mar de névoa,* o som de metralhadora do teclado me revelou que o texto inspirado pelo *Wabi-Sabi* havia tomado um bom impulso.

— *Kon'nichiwa* — cumprimentei, usando as primeiras palavras que eu havia aprendido no glossário do guia de viagens.

— Boa tarde! Fico alegre em saber que finalmente se decidiu.

— Preciso perder Barcelona de vista durante um tempo.

— Não precisa se justificar. Tudo correrá bem, e você fará descobertas importantes, tenho este pressentimento.

Afastei alguns livros de citações de um banco e me sentei ao lado de Titus. Pela pilha de páginas impressas que estava ao lado do computador — Meu vizinho tinha o hábito de revisar no papel o trabalho ao fim de cada dia —, confirmei que o manuscrito avançava em um bom ritmo.

— Se precisar de qualquer coisa do Japão, acho que terei tempo de sobra para procurar.

— Isso nunca se sabe. É um mistério como será seu tempo em Quioto. Einstein já dizia: o tempo é relativo, mas está submetido ao movimento e ao espaço.

— Você fala como se eu estivesse prestes a subir em um foguete para partir para outro planeta.

O velho escritor levantou os óculos e me encarou antes de concluir:

— Em seu caso, não tenho nenhuma dúvida de que isso irá acontecer.

QUIOTO

A morte de Yukio Mishima

Quando o Airbus 350 decolou, tive a sensação de que aquilo tudo era mágico. Não apenas porque aquele treco pesado de lata conseguia desafiar a gravidade. O fato de que um homem sedentário como eu, com nenhuma relação com o Japão, tivesse se enredado nessa viagem por causa de dois cartões-postais me levava a pensar que eu havia sido vítima de um feitiço.

Ao meu lado estava sentada uma garota que devia ser da região do Golfo Pérsico, por sua pele morena e pela maneira como combinava o xador com sapatos de salto alto que deviam custar, no mínimo, quinhentos euros. Começou a jogar uma partida de golfe virtual na telinha que tinha diante do assento, enquanto eu alternava meu bloco de notas com um romance.

Titus havia me pedido que eu trouxesse para ele três variedades de chá pouco conhecidas, além de pesquisar o máximo possível sobre o *Wabi-Sabi*. Ele só havia conseguido três ou quatro livros que lhe forneciam informações muito limitadas sobre a beleza da imperfeição.

Sob o pseudônimo de Gottfried Kerstin, o velho escritor esperava algo mais para cumprir o contrato que havia assinado com uma pequena editora dedicada a livros de aperfeiçoamento pessoal.

— Quero publicar o livro mais completo sobre o *wabi-sabi* que já foi escrito. Por isso preciso que você consiga material original para mim. Se, quando for publicado, eu conseguir vendê-lo para os países, darei a você parte dos lucros.

Eu havia lhe dito que não era necessário, que cumpriria aquela tarefa com muito prazer, mas ele tinha insistido muito que éramos parceiros naquele assunto. Inclusive havia me presenteado com três livros de seu acervo depois de escanear os capítulos que lhe interessavam.

No voo para Doha, no entanto, eu ainda não estava preparado para mergulhar no mundo do que é imperfeito, efêmero e inacabado. Minha vida já era bastante precária.

Em vez disso, abri um romance de Haruki Murakami que tinha vontade de reler: *Caçando carneiros.*

Com frequência eu ficava indignado ao ver o que havia acontecido com esse autor, transformado na Europa em um pop star. Ficara muito famoso com *Kafka à beira-mar,* que para mim não é um de seus melhores romances e no qual, além do mais, há um gato que fala. *1Q84* tampouco me convencera. Apesar de ser uma narrativa viciante com personagens atraentes, o final havia me decepcionado. Suspeitava de que o autor tinha improvisado em cima da hora, que havia se complicado e não soubera como terminar a história.

Para mim, seus dois grandes romances de amor eram *A sul da fronteira, a oeste do sol* e *Norwegian Wood*, que, aparentemente, não haviam tido tantos leitores. E o primeiro livro que foi publicado em nosso país, aquele que eu estava prestes a reler, era absolutamente desconhecido, embora eu o considerasse uma obra-prima.

A história começava evocando a vida do protagonista no começo dos anos 1970. Reler esta passagem me deixou arrepiado:

> *Ainda recordo com extrema clareza aquela tarde fatídica de 25 de novembro de 1970, o dia em que Yukio Mishima se suicidou. Folhas de ginkgo, abatidas pelas fortes chuvas, atapetavam com sua cor amarelada as trilhas internas dos bosques, que pareciam o leito seco de um rio. Por esses caminhos nós dois passeávamos, as mãos afundadas nos bolsos. Não se ouvia nenhum ruído, com exceção do barulho de nossos sapatos ao pisar nas folhas caídas e do agudo canto dos pássaros.*

O casal que caminha de forma tão melancólica começa a discutir sobre coisas absurdas, como costuma acontecer quando uma relação misteriosamente deixa de dar certo.

Ela explica a ele que tem um pesadelo recorrente no qual vê uma máquina de refrigerantes engolir todas as suas moedas.

Justo no meio de um diálogo tão irrelevante, Murakami devolve o relato à magia essencial das velhas histórias japonesas, e aqui está a grandeza desse autor. Ele é capaz de misturar detalhes cotidianos que parecem não levar a lugar algum com pinceladas sublimes.

Com um bater compassado de asas, dois pássaros se ergueram do solo e desapareceram voando, como se tivessem sido absorvidos por aquele céu desprovido de nuvens. Durante algum tempo, ficamos em silêncio, contemplando o lugar por onde haviam desaparecido os pássaros. Em seguida, ela começou a desenhar na terra algumas figuras indecifráveis, usando um galho seco.

— Quando durmo com você, às vezes me sinto muito triste.

Essa frase me comovia, porque me levava a pensar em uma sensação que havia tido com muita frequência com Gabriela: a de que, sem motivo aparente, ela ia se afastando de mim. Sentia isso frequentemente depois de fazer amor. Tudo ia bem, mas, depois do orgasmo, ela ficava com o olhar fixo no teto.

Quando eu perguntava a ela no que estava pensando, ela respondia: "em nada". Provavelmente era verdade.

Depois de me lembrar dessa semelhança, voltei ao romance.

No dia da morte de Yukio Mishima, alguma coisa havia morrido entre aqueles dois sem que pudessem entender o que tinha acontecido.

O último terremoto em Tóquio

A chegada ao aeroporto de Doha me pegou de surpresa. Havia dormido no máximo vinte minutos seguidos, e o horário intempestivo da madrugada e a temperatura acima dos quarenta graus acabaram me nocauteando.

Aquele que deveria ser um aeroporto gigantesco e moderno com centenas de conexões ainda não estava concluído e, por isso, nos amontoamos em um ônibus para fazer um percurso interminável entre a pista e o terminal de embarque para o Extremo Oriente.

Ali me misturei com um caos de executivos, *fashion victims* e viajantes vestidos com túnicas para passar novamente pelo controle de passageiros. Em seguida, procurei o portão de embarque do voo para Tóquio-Narita, que partiria em algumas horas.

Minha cabeça estava pesada de sono, e eu não via a hora de me sentar de novo no avião, por mais estreito que fosse, e fechar os olhos.

Pensei em pedir alguma bebida no café do terminal, mas havia uma fila quilométrica e um único atendente, que não dava conta de fazer os cappuccinos. Nas lojas de grife e nas agências de câmbio havia duas atendentes para cada cliente.

Eu estava exausto para ler, então aproveitei o wi-fi gratuito do aeroporto para conectar meu smartphone e ver as notícias. Desliguei-o ao saber que um banco russo recomendava o suicídio aos clientes que não conseguiam pagar seus empréstimos. O anúncio havia provocado um imenso tumulto e um dos diretores argumentara que aquilo era "uma piada para assustar os clientes que, não tendo pagado suas dívidas, se recusam a entrar em contato com o banco".

Eu estava disposto a voltar ao romance de Murakami quando um homem que esperava ao meu lado resolveu conversar comigo. Pela pele bronzeada e o cabelo tingido de loiro, me pareceu um típico inglês maluco — pelo sotaque, era mesmo — já no início da maturidade.

— Negócios ou turismo?

Estive prestes a lhe dizer: "Nem uma coisa nem outra", mas isso teria requerido muitas explicações, portanto mencionei a encomenda de Titus para resolver a situação.

— Pesquisa. Estou escrevendo com um amigo um livro sobre o *Wabi-Sabi* e preciso fazer algumas entrevistas para completá-lo.

— *Wasabi*... — disse, muito surpreso. — Sem dúvida é necessário misturá-lo com molho de soja para molhar o sushi. Nunca teria imaginado que é possível escrever um livro sobre isso.

— Certamente há algum livro sobre a raiz-forte picante da culinária japonesa — corrigi-o. — Mas *Wabi-Sabi* é outra coisa.

O inglês tampouco me perguntou o que era, e a conversa parou aí. Depois de duas semanas de solidão, de repente senti vontade de conversar e, por isso, perguntei:

— E você? Qual é o motivo da sua viagem?

— Trabalho em Tóquio, em uma escola de línguas. Você não pode imaginar como é difícil ensinar inglês nessa cultura. São quase tão broncos como as pessoas de seu país.

Ofendeu-me que tivesse detectado minha pronúncia ruim, sendo eu um filólogo de Línguas Germânicas. Mesmo assim continuei perguntando.

— E como é a vida no Japão?

— Para um *gaijin*,* bastante cômoda. Os alunos o respeitam e as mulheres têm fascínio por nós e, por isso, a vida é feliz se você não se importa com a contaminação e as radiações de Fukushima.

— Claro... — Lembrei-me, preocupado, do desastre nuclear. — Como lidam com essa questão?

— Bastante bem. A prova disso é que, apesar de tudo, conseguiram realizar os Jogos Olímpicos. Desde que perderam a guerra, os japoneses sabem conviver com a catástrofe. Eu mesmo passei por um terremoto de sete graus assim que cheguei ao Japão. Eu estava no vigésimo andar de um edifício comercial onde fui dar aula a um grupo de executivos. Achei, de verdade, que aquilo seria o fim.

Aquele homem era um bom contador de histórias, pensei. Devia ser amado por seus alunos.

---

* Estrangeiro, em japonês. (*N. do A.*)

— O arranha-céu balançava de um lado a outro como um metrônomo — continuou. — Sem sair do lugar, eu via a cidade se mover enquanto esperava que o edifício se partisse em dois e fôssemos todos à merda.

— E o que aconteceu? — perguntei, impressionado.

— O edifício resistiu. No Japão, os prédios são flexíveis e têm alicerces muito profundos. Estão preparados. — O homem falava com orgulho de seu país adotivo. — Mas ficamos vários dias sem transporte, isso sim. As pessoas andavam vinte quilômetros para ir ao trabalho. Ou então ficavam para dormir no escritório e não correr o risco de perder horas de trabalho.

— Admirável.

— E como! Mas você não imagina quantos problemas surgiram a partir daí.

Fiquei calado enquanto o inglês cravava em mim seu olhar de velho pouco antes de concluir a narrativa.

— Em poucas horas não havia papel higiênico em toda a cidade. Era impossível encontrá-lo em algum supermercado de Tóquio.

— E por que isso?

— Não que estivessem se cagando de medo... — Fez uma piada fácil. — O motivo é ainda mais surpreendente. Todos recordavam, porque haviam passado por isso ou alguém havia contado, o que tinha acontecido no terremoto anterior. Então os problemas de abastecimento se prolongaram muito e o papel higiênico desapareceu das prateleiras. Esse trauma na memória coletiva fez com que as pessoas corressem para comprar rolos, embora tivessem de sobra, e o produto logo se esgotou em todos os lugares.

Esperando o Fujiyama

Depois de passar pelo controle de passaportes, vivi no aeroporto alguns minutos de confusão até que me indicaram o local da estação do Narita Express. Havia acabado de descobrir que o inglês é um idioma tão desconhecido para a população quanto o japonês para a gente.

Validei meu tíquete no balcão da companhia de trens, onde imperava um silêncio asséptico. Depois fui ao trem que me levaria a Quioto, com uma baldeação no meio do caminho, passando ao largo da atual capital.

Sentado ao lado da janela, tirei da pasta um dos livros sobre *Wabi-Sabi* que Titus havia me presenteado.

> *A estética* Wabi-Sabi *tem muito de melancólico e outonal. É uma estética que trabalha com materiais orgânicos que envelhecem com o uso e que, de alguma maneira, têm vida própria. A madeira, o cânhamo, o metal oxidado, os tecidos rústicos, a cerâmica. Não se quer que as superfícies dos objetos sejam polidas, limpas e regulares, mas sim enrugadas, imperfeitas e cruas.*

O fato de que as coisas não sejam permanentes, de que estejam condenadas a desaparecer ou a se transformar, as impregna de um atrativo melancólico.

Era difícil pensar nesse mundo belamente imperfeito a partir das linhas retas de um vagão de trem. Quando cheguei ao exterior, no entanto, percebi que o *Wabi-Sabi* está presente também na modernidade, embora de forma menos poética.

A área entre o aeroporto de Narita e a imensa conurbação de Tóquio — 35 milhões de habitantes — é uma série ininterrupta de bairros sem alma onde nenhum edifício tem relação com a construção vizinha. A maioria é formada por cubículos verticais com as antenas de TV do lado de fora, como estranhos insetos de metal.

Além dessa série de edifícios, surgem a zona rural e as montanhas ao fundo.

Havia lido certa vez que neste país se passa da cidade ao campo despovoado de forma radical. Os japoneses são um povo gregário e gostam de viver juntos. São poucos aqueles que querem viver em uma casa solitária no meio da natureza. Devem achar que é uma ideia muito inquietante.

Por isso, depois do cinturão de cidades que o *shinkansen* atravessa, começa um Japão de campos de cultivo e espaços virgens que não nos permitem pensar em uma nação de 130 milhões de habitantes.

Depois de trocar de trem, esperei que aparecesse o monte Fuji e sua neve perpétua. Segundo o guia, passaríamos muito perto dele ao ir para a velha Quioto. Era uma imagem que fazia parte de uma série de desenhos que eu tinha visto na infância, e esperava poder ver a montanha antes que o crepúsculo fizesse a paisagem desaparecer.

A chegada ao destino estava prevista para as nove e quinze da noite.

Apesar de ter dormido muito pouco durante o voo, estava tão animado que não consegui cochilar no trem. Repartia minha atenção entre a vista da janela, o livro de Titus e os passageiros do vagão.

Praticamente todos estavam digitando em seus smartphones ou assistindo a filmes em seus tablets. Os homens estavam impecavelmente vestidos, e não havia nenhum penteado feminino que não parecesse recém-saído de um salão de beleza. Minha primeira imagem do povo japonês era de extrema limpeza e discrição.

Embora fosse o único estrangeiro — ou *gaijin* — de todo o vagão, em nenhum momento havia notado um único olhar pousado em mim. Todos pareciam absortos em suas coisas, como se o mundo que os cercava não existisse.

Melancólica, a luz dourada da tarde caía sobre grupos de edifícios e casas cada vez mais dispersos, cercados por plantações e montes que anunciavam a aparição do mito em forma de montanha.

Baixando a guarda por alguns momentos, desejei de repente que Gabriela estivesse sentada ao meu lado, contemplando aqueles lugares que talvez nunca mais voltasse a ver. Queria compartilhar com ela a beleza das coisas que nos escapam e desaparecem. Como ela.

Subitamente, os passageiros do *shinkansen* abandonaram suas telas para se grudar às janelas. Prepararam suas câmeras e celulares para capturar aquela aparição tão esperada.

Uma lágrima escapou dos meus olhos quando contemplei a eternidade do Fujiyama. Transmitia-me a serenidade de um gigante que, em silêncio, tudo vê e tudo compreende.

Quioto

A chegada a Quioto foi bem diferente do que eu esperava. Os mil e seiscentos templos da cidade, segundo o Lonely Planet, pareciam muito distantes daquela estação de prodigiosa arquitetura metálica. O altíssimo teto era uma onda brilhante à qual se subia por intermináveis escadas rolantes, conectadas por passarelas cheias de lojas.

Impressionado com as dimensões daquele hangar, repleto de gente a essa hora da noite, demorei alguns minutos para chegar à rua. Diante do ponto de táxi, uma antena de televisão retrô e moderna me levou a pensar mais em Berlim Oriental do que na cidade das velhas essências japonesas.

Mostrei ao taxista minha reserva no Ryokan das Rãs Azuis — assim se traduzia o nome —, e o homem assentiu, respeitoso, antes de partir com extrema suavidade. O carro estava impecável por dentro e por fora, com um tapete de tecido branquíssimo que cobria os assentos e até o volante.

Para minha decepção, as ruas do centro eram margeadas por edifícios modernos como os que havia visto do trem. Eram blocos funcionais de dez ou onze andares no máximo. Se não fosse pelos letreiros luminosos com caracteres em *kanji*, poderia se tratar perfeitamente de uma cidade de médio porte dos Estados Unidos.

De fato, a população da velha capital imperial é menor do que a de Barcelona.

O aspecto exagerado de alguns jovens da rua chamou minha atenção, assim como a decoração de mau gosto dos salões de jogos, que disparavam suas luzes em meio a ensurdecedoras músicas techno.

Naquela noite de quarta-feira, não havia nada que pudesse ser considerado zen em Quioto.

O táxi abandonou a avenida principal e se enfiou em um beco onde vi outra cidade.

Como se tivéssemos recuado cinco séculos no tempo, edifícios de dois andares iluminavam com suas lanternas um caminho de pedras pelo qual casais passeavam. Alguns usavam trajes tradicionais: as moças, delicados quimonos e uma espécie de tamanco; os rapazes, rabo de cavalo de samurai e vestes de seda apertadas ao corpo com um cinturão.

Um carro de luxo parou diante de nós bloqueando a passagem. De dentro dele saiu uma gueixa que, em décimos de segundo, esgueirou-se para uma casa de chá. Fiquei boquiaberto, com a impressão de que eu havia acabado de ter uma alucinação.

Pouco depois chegamos ao *ryokan*.

A hospedaria tem no máximo sete ou oito quartos distribuídos em dois andares de uma casa de madeira com persianas de bambu. O letreiro também era de madeira, com o nome do estabelecimento escrito em caracteres japoneses. Soube que havíamos chegado ao destino por causa das rãs azuis pintadas na placa.

Paguei três mil ienes — pouco mais de vinte euros — ao silencioso taxista, que abriu a porta acionando um dispositivo ao lado do volante.

Na porta do *ryokan*, uma mulher que não chegava a um metro e meio de altura me espiava de trás de uma persiana. Ao ver que eu me dirigia ao estabelecimento, recuou até ficar ao lado de um móvel de madeira que servia de recepção.

Fez uma profunda reverência enquanto dizia:

— *Oyasuminasai...*

Eu sabia que significava "boa noite".

Em seguida, mostrei-lhe o passaporte e a reserva. Enquanto anotava meu nome lenta e cuidadosamente em um livro com capa de tecido, perguntei a ela se era possível comer alguma coisa.

Por sua expressão assustada, entendi que a senhora não entendia uma palavra de inglês.

Ela me conduziu ao primeiro andar, onde, atrás de uma porta de correr, ficava meu quarto. Era extremamente espartano. Um futton ao nível do chão com uma mesinha de cabeceira também baixa. Um armário e um pequeno banheiro completavam as instalações.

Cento e oitenta euros por noite me parecia uma barbaridade para tão pouco conforto, mas imaginei que estava pagando pela localização da hospedaria na velha Quioto.

Eram dez e meia da noite e eu ainda não havia comido nada desde que aterrissara em Narita no meio da tarde. Depois de tomar uma ducha rápida com água morna, me troquei, disposto a fazer alguma refeição naquele beco dos sonhos.

O som distante de uma espécie de alaúde e o canto de uma menina me levaram a pensar na gueixa que eu tinha visto descer do carro. Paralisado por essa imagem que durara apenas alguns instantes, perguntei-me se veria mais alguma delas ou se havia sido um golpe de sorte.

Pela primeira vez desde que havia chegado ao fundo do poço, me surpreendia desejando alguma coisa. E aquilo era uma boa notícia.

Não conte essa história ao céu

Os casais japoneses que eu tinha visto do táxi já haviam saído do beco, que agora só exibia lojas fechadas, alguns *ryokans* e uma lanterna acesa que era um convite à esperança.

Enquanto atravessava aquele pequeno mundo de casinhas, podia entrever silhuetas humanas nos andares térreos.

Nas persianas ou nas telas de papel, desenhavam-se sombras que se movimentavam harmoniosamente. Talvez alguma delas pertencesse à gueixa que agora exibia suas artes em uma casa de chá, pensei.

A voz e o alaúde que havia escutado minutos antes, no entanto, tinham emudecido.

Já temia voltar ao meu futton com o estômago vazio quando, atrás de uma lanterna amarelada, vi em um painel de ferro umas letras latinas que não admitiam dúvida: BAR.

Empurrei a porta preta.

Do outro lado me deparei com um estabelecimento com menos de dez metros quadrados. O minúsculo bar consistia em um balcão em forma de L onde poderiam caber confortavelmente quatro clientes.

Atrás do balcão, uma mulher ossuda de mais de 60 anos inclinou-se em um cumprimento. Em seguida estendeu a mão para me convidar a ocupar um dos bancos. Na outra ponta do L, um homem mais velho olhava com atenção uma garrafa de saquê quase vazia.

Como se quisesse arrancá-lo de sua paralisia, a garçonete se encarregou de encher o copo de cerâmica com o que restava do vinho de arroz. O homem assentiu. Talvez por seu aspecto extravagante, era difícil calcular sua idade. Usava terno e gravata, com os cabelos grisalhos despenteados e as lentes dos óculos arranhadas.

Seus olhos míopes me analisaram durante décimos de segundo, como se tentasse deduzir o que eu fazia ali, antes de voltar ao seu copo.

Uma televisão antiga de umas vinte polegadas estava pendurada em um canto do teto, exibindo videoclipes com músicas cantadas com vozes estridentes e imagens que pareciam uma piada, mas não era.

Recebi o menu de especialidades da casa com um novo cumprimento.

Para meu alívio, havia uma tradução em inglês de cada item, basicamente variedades de saquê, cervejas e coquetéis. Nada para comer, exceto bandejas com frutas secas à disposição dos clientes.

Correndo o risco de me embriagar com o estômago vazio, pedi uma cerveja Asahi a um preço proibitivo: novecentos ienes, quase sete euros. A proprietária já estava enchendo um copo longo com o líquido gelado quando, de repente, o homem dos óculos arranhados começou a cantar.

Espantado, constatei que ele empunhava um microfone sem fio e cantava uma música cuja letra naquele momento era exibida na televisão, acompanhada por uma coreografia de crianças fantasiadas de cogumelos.

A garçonete aumentou o volume para que o homem pudesse cantar à vontade sobre os acordes sincopados que recordavam a música popular russa. A melodia vocal era *kitsch* e muito repetitiva, ainda mais vindo daquele executivo que parecia ter fugido de uma briga de gatos.

dokonoko no kinoko kono kinoko dokono
dokonoko no kinoko morino kinoko
morino kinoko wa rappa ni natte
onpu ga kumo made tondetta

puppuru pappa ~ purupappa ~
puppuru pappa ~ purupappa ~
*sora niwa naisho no hanashi dayo**

Algumas notas eram muito altas para aquele estranho personagem, que desafinava sem a menor vergonha. Com os braços cruzados junto ao quimono de mangas largas, a

* Ei, cogumelo, de onde você é? / Belo cogumelo, de onde você é? / Um cogumelo do bosque. / Um cogumelo do bosque se transformou em uma trombeta. / E as notas musicais voaram para as nuvens. / Puppu-Lu-Pappa--Pulu Pappa... / Não conte essa história ao céu. (*N. do A.*)

senhora parecia satisfeita com aquele show para dois espectadores, incluindo ela própria.

Horrorizado, compreendi sem querer que havia entrado em um karaokê solitário.

Depois de um final ridiculamente apoteótico ao ritmo de polca, o homem de cabelos grisalhos voltou a se sentar dignamente em seu tamborete. Sua expressão voltara a ser a de um executivo afundado em pensamentos confusos.

Peguei um punhado de frutas secas para enganar a fome antes de tomar um gole de cerveja. Sentia-me totalmente deslocado.

E aí ele falou em um inglês bastante compreensível:

— O senhor não conhece esta canção?

Okamura

Como logo constataria, era tão incomum encontrar alguém que falasse inglês no Japão que respondi com cortesia. Não podia suspeitar que, dali por diante, aquela estrela do karaokê solitário se transformaria em minha sombra todas as noites.

— Não a conheço — admiti, sem abandonar meu cantinho do L. — Na verdade, acabo de chegar ao seu país.

— Isso explica tudo. — Sorriu. — Aqui não há ninguém que não conheça *Dokonoko no Kinoko.*

— Parece um trava-língua.

— É uma canção infantil, mas ficou muito famosa entre os adultos por causa dos toques de celular. Muita gente a escutava no telefone e, de tanto ser ouvida, acabou chegando às paradas de sucesso. Tem uma coreografia e tudo.

Acabei a cerveja, agradecendo aos céus que o cavalheiro não tivesse se levantado do banco para fazer a dança, porque eu não conseguiria conter um ataque de riso.

Para dizer alguma coisa, comentei:

— Nunca estive em um karaokê, eu gosto de música clássica.

— Eu também. — Franziu o cenho como se estivesse ofendido. — Sobretudo de Tchaikovsky e de todos os russos que vieram depois dele até Prokofiev. O que veio depois não me interessa.

Admirado diante do fato de o homem do karaokê gostar dos grandes compositores russos, não pude deixar de perguntar:

— Então, por que cantou uma canção infantil moderna?

— É uma espécie de terapia. — Ele sorriu timidamente enquanto abria outra garrafa de saquê. — Contra a depressão, sabe? Minha esposa morreu há menos de um ano e o médico disse que convém me distrair. Quando saio do trabalho, passo por aqui e, quando me apetece, canto uma música. Enfrentar o medo do ridículo faz bem para a cabeça. Eu recomendo muito que faça isso.

— Não conseguiria, mesmo que quisesse — disse, temendo que ele pedisse alguma canção à garçonete. — Meu conhecimento do japonês é nulo, só sei algumas palavras.

— Minha sobrinha fará a transcrição para que você possa ler. As melodias são fáceis, grudam nos ouvidos, como essa do cogumelo.

— Do cogumelo? — Logo lembrei que, no vídeo do karaokê, as crianças dançavam fantasiadas de cogumelos — Ah, essa canção do *Kino*...

— *Dokonoko no kinoko* — repetiu. — A letra conta as aventuras de um cogumelo do bosque. Bem, meu nome é Okamura. Desculpe não estar com meus cartões de visita.

Inclinou-se para a frente de modo solene, e imitei-o sem abandonar meu banco. A dona olhava insistentemente para meu copo vazio, esperando que eu fizesse outro pedido, mas de repente senti um cansaço assustador desabar sobre mim.

Ao deixar em cima do balcão os novecentos ienes, a mulher recuou e me olhou assustada, balançando a cabeça. Em seguida, foi pegar uma caneta esferográfica e escreveu uma cifra com grandes números em um papel: mil e quatrocentos.

Indignado, peguei o menu e apontei o preço da cerveja. Ela continuou a balançar a cabeça e a agitar as mãos, gestos que eu não entendi até que Okamura interveio.

— Ela acrescentou uma taxa que se paga pela primeira bebida consumida. Todos os bares pequenos que abrem à noite fazem isso.

Tirei da minha carteira uma cédula de quinhentos ienes que exibia o Fujiyama e a deixei, irritado, em cima do balcão. Parecia-me um absurdo pagar mais de dez euros por uma cerveja em um bar horrível com um bêbado que cantava sobre um cogumelo do bosque.

Okamura leu a irritação em minha expressão e abaixou a voz:

— Essa é a primeira coisa que você deve saber quando sair para beber no Japão: quanto menor for uma taberna, mais altos serão os preços.

Menos é mais, pensei, recordando uma máxima que aparecia com frequência nos livros de Titus.

— Tem toda a lógica do mundo — continuou o japonês. — A proprietária deste estabelecimento precisa faturar com a clientela que cabe em um local mínimo o mesmo valor que alguém que tenha um estabelecimento maior. A vida custa o mesmo para todos.

Fiquei envergonhado por ter me irritado tanto por dez euros. No final das contas, a receita daquela noite de quarta-feira seria muito pequena para a proprietária, que agora lavava meu copo. Se o sonho não tivesse me entorpecido, eu teria pedido uma segunda bebida.

— Obrigado pelo esclarecimento, senhor Okamura — despedi-me.

— Não sofra. A maioria vai a locais grandes para evitar pagar mais, mas não encontrarão o que há aqui.

— Está se referindo ao karaokê?

— Não! Há karaokês em todos os lugares, mas aqui nós nos encontramos, essa é a graça. Na próxima vez virei com minha sobrinha. Ela fala um inglês perfeito e gostará de conhecê-lo. Na verdade, é ela quem me ensina o idioma duas vezes por semana.

Cumprimentei-o antes de deixar o bar, convencido, equivocadamente, de que não haveria uma segunda vez.

— Talvez... Como se chama este bar? — perguntei por pura cortesia. — Talvez tenha dificuldade de encontrá-lo.

— Ainda não tem um nome. A dona o comprou apenas há uma semana e não gosta do nome antigo. Alguma sugestão?

Dei de ombros como resposta antes de ir ao encontro do silêncio da noite. A lua se refletia sobre o beco de pedras da velha Quioto, prometendo aventuras das quais o encontro no bar sem nome era apenas o prelúdio.

Existe uma melancolia universal?

Apesar de ter desabado no futton depois da meia-noite, devido ao cansaço da desgastante viagem, o jet lag abriu meus olhos às quatro da madrugada. Estava totalmente acordado.

Em meu relógio biológico, era hora de estar desperto, e eu não consegui convencer meu corpo a continuar dormindo. Lutei durante um bom tempo naquele futton muito duro para meus ossos.

Finalmente me dei por vencido e me levantei.

Faltavam quinze para as cinco quando peguei um dos ensaios de Titus. Pensei em lê-lo no *onsen*, os banhos termais que existem em cada *ryokan* e que em boa parte justificam seu preço.

Vestido com roupão de banho e chinelos, desci com uma toalha e o livro ao térreo, onde ficavam as instalações.

Como era de prever pela hora, não havia ninguém naquele espaço, que parecia escavado no subsolo. Constava de uma piscina natural junto a um vidro que dava para um jardim selvagem e desordenado. Antes da entrada, em um lado da parede, havia duas torneiras com bacias de metal embaixo.

Entendi que devia me lavar antes de mergulhar nas águas sulfurosas do *onsen*. Decidido a espantar um sono que eu não sentia, me despi enquanto enchia uma daquelas bacias. Esvaziei-a na cabeça e senti a água gelada como se fosse uma descarga elétrica.

Apressei-me a entrar naquela piscina natural com o livro na mão. Estava agradavelmente quente.

Sentado em uma pedra plana submersa, voltei a me interessar por aquele conceito que, a mais de dez mil quilômetros de distância, monopolizava os esforços de um velho escritor.

Como filólogo, não podia deixar de me interessar pela origem da palavra. Então comecei por aí.

Parece que o termo *sabi* era usado originalmente para descrever a beleza sutil da poesia japonesa dos séculos XII e XIII, que era triste e sombria. O autor do tratado garantia que essa palavra evoca sentimentos melancólicos, "como o de um pardal procurando comida em uma pilha de folhas caídas no outono".

A outra parte da equação, a palavra *wabi*, segundo o livro — que, na verdade, não tinha apenas um autor, era uma compilação de textos —, evocava humildade e austeridade, a pobreza refinada que nasce da indiferença em relação à riqueza e à ostentação.

Fascinado por esse sentimento nobre, procurei por descrições separadas de cada um dos termos nas páginas. Kamo no Chomei, um monge ermitão que passou a vida viajando a cavalo entre os séculos XII e XIII, afirmava o seguinte:

Wabi é a sensação provocada pelo céu de um entardecer de outono, a melancolia da cor, quando cessou qualquer som. Esses momentos em que, por alguma razão que a mente não pode explicar, as lágrimas começam a correr de forma incontrolável.

Submerso nas águas do *onsen*, tive de pensar pela enésima vez no quadro de David Friedrich pendurado no estúdio de Titus. Naquela paisagem, tudo era melancolia.

Perguntava-me se seria esse mesmo sentimento o que inspirava os haikais e as aquarelas dos artistas japoneses. Talvez aquele povo tivesse uma maneira diferente de experimentar a beleza daquilo que conseguimos reter.

Existe uma melancolia universal?

Mergulhado nas águas sulfurosas, eu recuperava minha essência de homem romântico que afugenta a solidão com esse tipo de pergunta. Um entretenimento como qualquer outro.

Havia uma segunda definição de *wabi* por parte de um autor atual, Makoto Ueda, professor de literatura japonesa em Stanford:

Wabi é a expressão da beleza como manifestação da energia criativa que flui através de todas as coisas animadas e inanimadas. É uma beleza que, como a própria natureza, é ao mesmo tempo escura e luminosa, triste e alegre, dura e dócil. A beleza dessa força natural não é perfeita, mas sempre mutável e fora do nosso alcance.

Antes que eu pudesse analisar esse texto, um homem muito alto para ser japonês entrou no *onsen* e derramou sobre si uma bacia d'água sem soltar um único gemido. Depois, como uma fera, caminhou até os banhos com uma toalha em volta do pescoço.

— *Ohayōgozaimasu.*

Murmurou entre os dentes aquela saudação que eu entendi como "bom dia". Eram cinco e meia, e os clientes que estavam no *ryokan* em viagem de negócios começavam a despertar.

Como se a água quente estivesse curando suas profundas feridas cotidianas, o homem resfolegou de prazer algumas vezes.

Os japoneses estão habituados a compartilhar o espaço público como se estivessem sozinhos, mas eu me sentia incomodado por estar na piscina natural com aquele mastodonte. Mais uma vez o livrinho veio em meu auxílio. O próprio professor Ueda ligava as duas palavras, *wabi* e *sabi*, para explicar o seguinte:

> Wabi *significava originalmente "a tristeza da pobreza". Mas, aos poucos, passou a denominar uma atitude diante da vida, com a qual a pessoa procura se resignar às condições difíceis de sua existência e aprende a encontrar a paz e a serenidade mental, até mesmo nas circunstâncias difíceis.* Sabi, *que é principalmente um conceito estético, está intimamente relacionado com* wabi, *que é uma ideia filosófica.*

Meu cérebro acadêmico, que havia desfrutado as aulas de estética e de história do pensamento, não podia ignorar aquela conjunção provocativa que eu ainda estava longe de entender.

Só saí dali quando senti que tudo fervia dentro do meu ser. Uma bacia de água gelada encerrou meu banho.

O que quer que isso significasse, eu estava preparado para minha primeira manhã em Quioto.

Bons tempos com cães velhos

O café da manhã no *ryokan* consistia em arroz e peixe, servidos em mesas tão baixas que era necessário ser especialista em ioga para conseguir se sentar. Se tivesse jantado, teria achado estranhíssimo aquele menu matinal.

Acordei com dor nas costas. Antes de sair para ver como era Quioto de dia, passei na biblioteca. Procuraria no Lonely Planet o endereço daquele ateliê, embora duvidasse que fosse me conduzir ao misterioso remetente que havia me atraído até ali. Na verdade, supus que tinha comprado um dos cartões-postais no tal ateliê, o que, por sua vez, não explicava absolutamente nada.

Além disso, o que tinha a ver um gato de porcelana fabricado em série com a filosofia orgânica do *Wabi-Sabi*?

A resposta era: nada.

Uma poltrona de tecido de modelo oriental me acolheu. Em um lado havia um porta-revistas com publicações em japonês e, no outro, três prateleiras com livros com temas variados em diversas línguas.

Deduzi que tinham sido deixados ali por viajantes que não queriam carregar consigo livros que já haviam lido.

Havia apenas um em inglês, e achei o título tão original que me senti impelido a tirá-lo da estante.

BONS TEMPOS COM CÃES VELHOS

A capa exibia dois cães grisalhos que tinham uma expressão cansada e paciente. Quase podia ouvir seus latidos afônicos tentando, sem muito sucesso, assustar algum vizinho que passava diante de sua casa.

Procurei na contracapa informações sobre aquele livro. Explicava as vantagens de conviver com cães velhos depois de passar a vida ao lado deles. O animal tem menos energia e exige mais atenção, mas compensa isso com o fato de entender melhor a psicologia mutável de seu dono.

Tudo muito *Wabi-Sabi*.

Se o proprietário do cão também for velho, pensei, ambos passarão por uma época misteriosa em que dono e cão se fundirão e um acabará se parecendo com o outro, não apenas na forma de caminhar, mas até mesmo na expressão.

Deixei o livro na estante, imaginando que minha velhice seria pior do que a desses cães afônicos. Eles pelo menos tinham alguém a quem acompanhar e amar. Salvo um gato que vivia na dele e não duraria mais de dez anos, eu estava sozinho no mundo.

Esse pensamento angustiante me levou a conectar meu celular no wi-fi da recepção, cujo sinal chegava à biblioteca.

No globinho verde do whatsapp logo surgiu um círculo com um 3: o número de pessoas que haviam me enviado mensagens desde que eu entrei na internet pela última vez em Doha.

Li a primeira mensagem, que era da minha irmã; ela me repreendia por ter me esquecido de ir jantar em sua casa no dia anterior. Depois de me desculpar com um lacônico: "Sinto muito por ter esquecido, estou no Japão", passei à seguinte.

Contrariando qualquer prognóstico, a mensagem era de Daniel Lumbreras. Já havia esquecido que tinha lhe enviado o número do meu celular na última mensagem para que me avisasse a respeito de seus próximos shows.

O whatsapp dessa vez estava escrito em um estilo direto e eficiente.

Estou aqui em Gracia agora.
Quer tomar um café?

Respondi dizendo que gostaria muito de tomar um café com ele, mas que estava muito longe para poder chegar ao bairro em um horário razoável. Despedi-me com a promessa de contatá-lo quando voltasse e abri o terceiro e último whatsapp.

Era de Gabriela — e isso me deixou abalado pelo resto do dia.

Titus me disse que você viajou para Quioto. Fez bem em ir. Eu, se fosse você, não me preocuparia em procurar o remetente dos cartões-postais. Se ele quiser, logo o encontrará.

XXXX

O endereço proibido

Em meu primeiro passeio por Quioto à luz do dia, caminhei pelas ruas tradicionais do bairro de Gion, onde ficava meu hotel. Alguns estabelecimentos comerciais já estavam abertos e havia lojas de antiguidades e de roupas, cafés e restaurantes bem pequenos onde já se percebia algum tipo de atividade.

Entrando e saindo das ruas que eram território das gueixas e das *maikos* — as aprendizes —, cheguei ao estreito Pontocho, uma via de pedestres que corre paralela ao rio Kamo. Enquanto caminhava entre casas de chá e boates com aspecto misterioso, inclusive de dia, me perguntei se o ateliê do *Wabi-Sabi* ficaria naquela parte da cidade.

Ainda muito aturdido pela viagem, havia me esquecido de buscar informações no *ryokan*, mas as provas do delito estavam comigo: os cartões-postais.

Apoiei-me em uma árvore que brotava da calçada como se fosse um cogumelo. Atrás do postal do gato, achei que a tinta azul do *Wabi-Sabi* brilhava de uma forma especial.

Examinei de perto a inscrição minúscula — "Ateliê" —, seguida de alguns *kanjis* japoneses e um número: 27.

Só pode ser o endereço do ateliê, pensei, enquanto examinava e reexaminava o postal do Templo do Pavilhão Dourado. Afora isso, a única pista sobre sua origem era o carimbo da agência dos correios. Era idêntico em ambos os postais: um quarto de círculo com os mesmos *kanjis* e, em seguida, um número de quatro algarismos: 4032.

Aquilo podia significar que haviam passado pela mesma agência dos correios do mesmo distrito.

Apesar da semelhança do carimbo, os selos não podiam ser mais diferentes e curiosos. Um exibia um cão akita — raça conhecida por causa do filme com Richard Gere — com o rabo enroscado e uma auréola ao seu redor. O outro tinha quatro mulheres com túnicas lilás diante de um velho telescópio. Uma delas olhava atentamente pelo visor enquanto outras duas a contemplavam com interesse. A quarta figura olhava diretamente para o céu como se confiasse mais em seus olhos do que naquele instrumento.

No lado inferior esquerdo dos dois selos estava escrito NIPPON 820. Imaginei que fosse o preço da postagem: pouco mais de seis euros.

Enquanto pensava se isso era muito ou pouco para uma correspondência transoceânica, uma mulher de cerca de 60 anos que vestia um tailleur parou diante de mim. Fez uma leve reverência, antes de estender as mãos para o cartão-postal que eu estava olhando: o que tinha o endereço do ateliê.

Entendi que queria me ajudar. Extremamente grato, entreguei-lhe o cartão fazendo uma reverência. Seus olhos, ampliados por lentes muito grossas, se abriram espantados ao ler o que estava escrito.

Como se tivesse acabado de ver o demônio encarnado naquele endereço, devolveu-me o cartão com rapidez e apressou-se rua abaixo depois de uma última reverência.

Plantado ali, fiquei me perguntando como seria aquele lugar para que a mulher tivesse fugido apavorada. A curiosidade me levou a explorar a multidão de japoneses que caminhava por Pontocho naquela bela manhã, ansioso por identificar alguém que pudesse falar inglês.

O escolhido foi um rapaz de cabelos compridos que carregava uma pasta decorada com fotografias dos Sex Pistols.

Abordei-o diretamente na língua de Sid Vicious e Johnny Rotten:

— Desculpe, poderia me dizer em que bairro fica este endereço?

O rapaz pegou o postal, por isso imaginei que havia me entendido, mas o devolveu segundos depois com um sorriso nervoso.

— O que há neste lugar? — perguntei, cada vez mais confuso.

— Sinto muito, mas não posso lhe dizer — respondeu, encolhendo os ombros e começando a correr com sua pasta.

Nada existe desde sempre nem para sempre

Imaginei que aquela estranha reação por parte de duas pessoas tão diferentes podia significar que os japoneses são muito cuidadosos ao dar orientações a um estranho. Não querem correr o risco de que você se perca quando não conhecem o endereço. Provavelmente o ateliê ficava em um beco pouco conhecido de Quioto, ou mesmo em um lugar qualquer no subúrbio. A correção nipônica levara-as a fugir para não prestar um desserviço a um estrangeiro.

Aquela era a teoria mais razoável que me ocorria, mas o táxi que abordei ao sair de Pontocho acrescentou ao assunto um terceiro grau de estranheza. O motorista pôs a cabeça para fora da janela do carro e pegou o postal onde estava escrito o endereço. Em seguida, colocou os óculos para ler as letras pequenas.

Dois segundos depois, o postal voltava às minhas mãos enquanto o taxista fazia claramente um gesto negativo com a mão. Antes que eu conseguisse perguntar por que não queria me levar, acelerou, me deixando ainda mais espantado.

Não é um endereço desconhecido, pensei, enquanto caminhava de volta ao *ryokan* com as mãos nos bolsos. É um lugar que todo mundo conhece e sabe o que acontece ali. Deve ser algo terrível, para assustar um taxista e um sujeito que ouve os Sex Pistols.

Um pensamento preocupante me envolveu enquanto eu fazia todo tipo de conjecturas sobre aquele destino proibido. Um prostíbulo de péssima reputação. Um *onsen* onde se reúnem importantes sicários da *Yakuza*, a famosa máfia japonesa. Um armazém de resíduos nucleares de segurança duvidosa.

Eram possibilidades extremas, inclusive absurdas, que explicavam ainda menos o fato de eu ter recebido aqueles postais.

Como se eu já não estivesse confuso, justo antes de atravessar a porta do *ryokan*, um gato preto cruzou meu caminho a toda velocidade. Repeti a frase de Groucho Marx para não achar que o azar havia desabado em cima de mim.

— Se um gato preto atravessa seu caminho, isso significa que ele está indo a algum lugar — repeti como se fosse um mantra.

Ao passar pela recepção, estive prestes a mostrar à mulher minúscula o endereço, mas acabei desistindo. Se aquele ateliê era um lugar degenerado, talvez ela informasse à polícia e eu teria problemas para explicar como os postais haviam chegado às minhas mãos.

Definitivamente, era melhor não perguntar. Naquela primeira manhã em Quioto eu só queria dormir.

Despi-me depressa antes de desabar no tatame, que já não parecia tão duro. Para afastar a má impressão que os malditos cartões-postais estavam me dando, retomei a leitura daquele primeiro ensaio sobre o *Wabi-Sabi*.

Outro texto tentava explicar a arte do imperfeito, do incompleto e do efêmero:

> *Tudo o que existe no universo está em constante movimento e mutação. Nada é eterno, nada existe desde sempre nem para sempre, tudo tem um começo e um fim. A arte* Wabi-Sabi *é capaz de encarnar ou sugerir o fato essencial e evidente da impermanência, e por isso desencadeia no espectador uma contemplação serena que é unida à compreensão da fugacidade de tudo o que existe. Ao tomar consciência dessa fugacidade, contemplamos a vida a partir de outra perspectiva.*
>
> *Uma pessoa pode chegar a se comover ao contemplar uma simples flor colocada em um velho vaso de bambu, pois pressente nela um reflexo da existência e de nosso destino como seres humanos.*

Constatar que tudo tem um início e um fim havia sido uma experiência bastante dolorosa com Gabriela, mas ali, naquele quarto austero, celebrei a impermanência.

— Visite alguns templos, só para o caso de alguém perguntar a você como é Quioto, e pegue o avião de volta para casa — aconselhei a mim mesmo enquanto meus olhos se fechavam. — Foi um erro vir até aqui, mas seria um erro ainda maior ficar.

Só Deus sabe a resposta

Quando voltei a abrir os olhos, passava das nove da noite. Coloquei a mão na testa para verificar se não estava com febre. Não estava habituado a fazer sestas de mais de seis horas. Fazia frio, muito frio.

Ao sair da cama, senti que meus ossos rangiam como se eu tivesse acabado de levar uma surra. Nu no meio daquele quarto austero, hesitava entre descer para o *onsen* ou voltar ao mundo dos acordados tomando uma ducha. Escolhi esta última opção para evitar que as águas termais me deixassem ainda mais desanimado do que já estava.

Depois de me sacudir na água morna, calcei os sapatos, vesti calças bege e minha melhor camiseta preta. Parecia prestes a ir a algum lugar, embora a situação fosse totalmente outra.

Um punhado de cabelos disse adeus à minha cabeça quando me penteei, o que era muito *Wabi-Sabi*, porque aquela perda nunca seria reposta.

Enquanto descia os degraus de madeira, pensei que talvez estivesse doente. Não sentia fome, não havia comido nada além do peixe com arroz do desjejum.

Seria a causa o rompimento amoroso? Será que isso iria me consumir até que só me restassem pele e osso, como acontecia com os jovens nos livros românticos?

Era patético passar por isso aos 45 anos, eu disse a mim mesmo, enquanto levantava a mão para cumprimentar a recepcionista. Todo aquele assunto havia se transformado em uma fixação para mim.

Talvez porque fosse um homem de hábitos, segui o mesmo caminho da noite anterior.

A lanterna do karaokê solitário brilhava, amarelada, no fundo daquele beco de gueixas. Não tinha a menor intenção de voltar àquele lugar, mas ao passar diante da porta fiquei paralisado. O painel de ferro revelava que o local antes sem nome havia ganhado um de um dia para o outro.

BAR SAMUEL

Boquiaberto, tive certeza de que havia sido aquele japonês maluco quem sugerira o nome à proprietária.

Empurrei a porta para pedir que me explicassem aquilo que me parecia uma piada de mau gosto, imaginando que o responsável estaria lá dentro diante de uma garrafa de saquê.

Ao contrário do que eu esperava, na pequena taberna não havia ninguém, salvo a proprietária, que me recebeu com um sorriso cúmplice. Sabia muito bem quem eu era. O mínimo que poderia fazer, depois de ter usurpado meu nome para um bar de má reputação, era me convidar para um drinque, pensei.

A maneira com que me entregou o cardápio, no entanto, me dizia que eu não me livraria de pagar nem a abusiva taxa da primeira consumação.

Pedi uma garrafinha de Asahi enquanto me sentava no mesmo lugar do balcão em que havia ficado na noite anterior. Como um pesadelo que se repete febrilmente da mesma maneira, acordes de um ritmo russo deram início naquele momento à insidiosa *Dokonoko no Kinoko.*

A diferença era que o banco de Okamura estava vazio. O microfone brilhava em cima do balcão como um náufrago em um mar de madeira.

Fiquei alerta para o caso de a garçonete tentar me convencer a cantar. Minha suspeita se reforçou quando a mulher colocou um papel escrito em cima do balcão. Olhei-o de relance, sem me atrever a pegá-lo, pois podia ser uma transcrição em letras latinas da canção japonesa.

Contra todos os prognósticos, no entanto, era uma tradução para o inglês que alguém havia feito com uma esferográfica que não escrevia direito. *Wabi-Sabi.* Pelo traço da letra, parecia de uma garota que sem dúvida a havia escrito para mim.

Enquanto as estrofes sincopadas da canção invadiam o pequeno espaço, levantei a folha e comecei a ler:

Ei, cogumelo, de onde você é?
Belo cogumelo, de onde você é?
Um cogumelo do bosque.

Um cogumelo do bosque se transformou em uma trombeta.
E as notas musicais voaram até as nuvens.
Puppu-Lu-Papa-Pulu Pappa...
Não conte essa história ao céu.

Ei, cogumelo, de onde você é?
Belo cogumelo, de onde você é?
Um cogumelo do céu.
Um cogumelo do céu se transformou em um paraquedas.
E caiu sobre as ondas azuis.
Sulusulu-Lala, Sulu-Lala...
Não conte essa história ao mar.

Ei, cogumelo, de onde você é?
Belo cogumelo, de onde você é?
Um cogumelo do mar.
Um cogumelo do mar se transformou em uma medusa.
E sonhava com o bosque verde.
Yurayura-Lu Lu Lu Lu-Yura...
Não conte essa história a ninguém.

Ei, cogumelo, de onde você é?
Belo cogumelo, de onde você é?
Um cogumelo do bosque.
Só Deus sabe a resposta.

Ainda não havia lido a última linha dessa letra delirante quando a porta preta se abriu e Okamura entrou com passadas triunfantes. Estava mais elegante do que no dia anterior e, apesar das lentes grossas e arranhadas, vi em seus olhos que ainda não havia começado a beber.

Ocupou seu banco e, olhando para o microfone abandonado, como se falasse com ele e não comigo, disse:

— Hoje coisas acontecerão.

A última foto na qual sorrimos

Esperava que, a qualquer momento, Okamura fosse agarrar o microfone e pedir uma canção, mas ele não o fez. Talvez só se animasse depois da primeira garrafa de saquê, pensei.

Enquanto enchia seu copo com uma cerveja diferente da minha, olhou-me com atenção, como se não entendesse por que eu havia voltado ao local. Mas eu, sim, sabia o motivo do meu retorno.

— Pode me explicar por que deram meu nome a este bar?

— É só um nome — respondeu, muito tranquilo. — Ontem à noite eu estava ajudando a proprietária a organizar o catálogo de vídeos quando me ocorreu que poderíamos batizá-lo assim. Ela concordou. É provisório, como a própria vida. Amanhã poderá ter outro nome.

Aquele homem era um hábil provocador, até mesmo em um idioma que não era o seu, e por isso resolvi ignorar o assunto. Afinal, haviam simplesmente pintado uma placa com um nome que pertencia a milhões de pessoas no mundo.

— Como foi seu dia? — perguntei-lhe, mudando de assunto. — Está muito elegante.

— Obrigado, estou esperando minha sobrinha. Combinamos de beber alguma coisa antes que ela vá praticar alpinismo durante dez dias. Não quero que Mizuki me veja bêbado e leve esta recordação consigo montanha acima.

— Onde ela vai escalar? O Fujiyama?

Okamura tirou os óculos e me olhou, surpreso, com olhos que pareciam afundados nas profundezas de um vale.

— Não diga bobagem. Minha sobrinha é uma alpinista de verdade. Aquilo é uma fila de milhões de pessoas que vão para um albergue no dia seguinte. O caminho entre as primeiras cinco estações é asfaltado, o que já diz tudo. Depois, para chegar à estação número dez, é mais difícil, mas é como estar em uma grande loja de departamentos em dia de liquidação, com a diferença de que se está subindo uma ladeira íngreme e sentindo falta de ar por causa da altura.

Imaginar uma multidão de pessoas com falta de ar não combinava com a visão pura e idílica que eu tive olhando pela janela do trem. Definitivamente, existem coisas que é melhor olhar de longe.

Enquanto tocava uma canção nostálgica no bar que tinha meu nome, Okamura semicerrou os olhos como se tentasse pescar alguma recordação do passado.

— A última vez que subi foi durante a doença da minha mulher. Ela ainda tinha forças para caminhar e, por isso, pegamos um ônibus em Kawaguchiko, que é a aldeia mais próxima. Ficamos na quinta estação. Levamos um dia inteiro para chegar ao cume, nos apoiando cada um em dois bastões de alpinismo, porque o desnível é de mil e quatrocentos metros em apenas seis quilômetros.

— E como é o cume? — perguntei, repentinamente emocionado.

— É uma cratera cheia de neve. Você pode rodeá-la até o ponto mais alto. Justamente ali programei o disparador automático da câmera para tirar a última foto na qual sorrimos. Depois que descemos do Fuji, nossas vidas também foram ladeira abaixo.

A canção nostálgica havia terminado, e a dona não colocou nenhuma outra, como se tivesse percebido que falávamos de alguma coisa grave, apesar do idioma estrangeiro.

Uma lágrima parecia prestes a cair do olho afundado de Okamura, que suspirou:

— As melhores coisas da vida também acabam.

— Mas você ainda trabalha... — Tentei desviar a conversa para um assunto mais alegre. — Gosta do que faz?

— É um negócio que não vai bem, como eu. Cuido do departamento comercial e da contabilidade de uma gráfica. Com toda esta coisa digital... o volume de trabalho caiu pela metade da metade. É um milagre que ainda consigamos pagar o papel.

Havia pronunciado "papel" como quem menciona um material de tempos remotos, como os pergaminhos egípcios. Isso me levou a pensar nos cartões-postais que estavam no bolso da minha calça.

Peguei-os — estavam bem amassados —, recordando o que estivera em minha cabeça durante toda a manhã. Aquele homem e o bar Samuel pareciam tão fora de lugar que eu não temia o que ele pudesse pensar a meu respeito.

— Já que você trabalha em uma gráfica e está habituado a ler letras pequenas — comecei —, se importaria em me dizer onde fica este endereço?

Okamura se virou para colocar os óculos arranhados e se aproximou do endereço com o número 27. Balançou a cabeça, nervoso. Depois dirigiu o olhar ao selo que exibia as quatro mulheres e o telescópio. Com a unha do dedo indicador, arranhou a marca do carimbo, que saiu da estampa com surpreendente facilidade. Em seguida, me dirigiu um olhar acusador:

— Sabe de uma coisa? Sou velho, mas não imbecil. Acha divertido zombar de um velho gráfico solitário e cansado?

— Não entendo o que está querendo dizer. Não sei onde fica o endereço escrito aqui, mas, se o ofendi, eu imploro que...

— Aqui não há nada que se possa ler.

— Mas está escrito em *kanji*...

— Com caracteres que não significam nada tal como estão combinados, assim como o carimbo... — Seus olhos me fulminaram através das lentes.

— Não significam nada? — perguntei, sem entender o que estava acontecendo.

Okamura tomou um longo gole de cerveja, tentando se acalmar. Depois de colocar o copo no balcão, me olhou com desconfiança e acrescentou:

— Isso não é japonês nem nenhum idioma. Além do número 27 e "ateliê", o resto são caracteres reunidos sem nenhum critério por alguém que não sabe nada de japonês. Não faz o menor sentido.

— Mas... espere. — Recuperei o postal do gato, totalmente desconcertado. — Como é possível que...?

— Foi feito com uma impressora doméstica — interrompeu-me. — Alguém montou essa bobagem usando o Photoshop. Até imprimiu o selo com o carimbo. É tudo falso.

Fiquei paralisado pela surpresa. Tanto que sequer me dei conta de que a porta se abria para a entrada de uma garota que nunca mais sairia da minha memória.

Os cartões-postais que viajaram quatorze degraus

A primeira coisa que pensei ao ver Mizuki foi que ela possuía uma beleza perfeita. Não usava um vestido vaporoso nem se maquiava como uma gueixa moderna. Usava tênis e jeans, uma camiseta branca de manga larga e os cabelos presos em um rabo de cavalo. No entanto, emanava sensualidade e elegância.

Pela altura considerável e o formato de seu rosto, algo retilíneo, intuí que a sobrinha de Okamura era filha de um norte-americano com uma japonesa. Os traços orientais predominavam, mas o olhar atrevido era próprio de uma garota da Costa Oeste habituada a não abaixar a cabeça.

Por um momento esqueci o cartão-postal e fiz uma suave reverência à recém-chegada, que quebrou o protocolo me oferecendo a mão para que a apertasse. Era um meio-termo entre a saudação tradicional japonesa e os beijos que teríamos trocado no sul da Europa.

Uma vez recuperado do impacto daquela aparição, voltei a examinar o postal. Ao compreender como tudo acontecera, fiquei com vontade de estrangular Titus.

Podia imaginá-lo mandando imprimir primeiro os postais e depois preparando com o Photoshop aquele endereço sem nenhum sentido. Até havia recortado dois selos com os respectivos carimbos.

Humilhado, entendi de repente por que nem o taxista nem ninguém me levou a sério quando mostrei o verso do postal.

Mizuki amenizou minha raiva pedindo saquê para os três. Enquanto enchia um copinho de cerâmica, expliquei atabalhoadamente ao gráfico que eu havia sido vítima de uma brincadeira feita por um amigo e que aquilo havia me levado a mais de dez mil quilômetros de casa. Muito interessado, ele me perguntou pelo escritor que costumava assinar como Francis Amalfi e agora usava o nome de Gottfried Kerstin. Sob o olhar atento de sua sobrinha, expliquei sua atividade, que havia começado a escrever um livro sobre o *Wabi-Sabi* e contava com a minha colaboração.

— Foi uma maneira bastante poética de incentivá-lo a fazer a viagem — interveio Mizuki. — Deve ter tido muito trabalho imprimindo estes postais para que dessem a impressão de que haviam sido enviados do Japão.

— Ele só quer fazer um livro bem-sucedido sobre o *Wabi-Sabi*, só isso. Como está muito fraco, não podia viajar até aqui e me enganou para que eu viesse.

Arrependi-me imediatamente de ter dito isso. O velho Titus havia cuidado de mim quando eu mais precisei. Diante do meu naufrágio sentimental, talvez tivesse me feito ir para longe para que eu relaxasse, pensei. E, sem dúvida, Gabriela sabia do plano. De outra maneira não teria me dito a frase "Logo o encontrará".

"Maldito Titus", murmurei por dentro. "Já sei o que você fez, e vai me pagar caro." Os postais misteriosos que eu acreditava terem vindo do outro lado do mundo só tiveram que descer quatorze degraus para encontrar seu destinatário.

— Estou morrendo de fome — disse Mizuki de repente. — Vamos à churrascaria, tio?

Falava um inglês americano totalmente nativo. Recordei que Okamura havia me dito que ela dava aulas de inglês. Como se estivesse no meio de uma aula de conversação, o homem afinou a pronúncia ao dizer:

— Não estou com humor para isso, querida. Prefiro ir para casa. Mas o *gaijin* a acompanhará. Não é mesmo, Samuel?

Era impossível dizer não sem parecer grosseiro, e a verdade é que me apetecia aceitar. Além da beleza mestiça daquela jovem, que devia beirar os 30 anos, me atraía conhecer uma japonesa que faz parte de dois mundos.

— Não sabia que no Japão se faz churrasco — respondi estupidamente —, mas será um prazer acompanhá-la.

Um círculo de cinzas

Passava das onze da noite quando segui Mizuki por becos cada vez mais escuros. Digo "seguir" porque ela caminhava, decidida, alguns passos à minha frente. Não parecia se importar se eu a estava seguindo de perto ou de longe. Como se estivesse muito concentrada em achar o caminho, não voltou a falar desde que havíamos saído do bar.

Minha posição um pouco atrasada me permitia contemplar seus movimentos na penumbra. Apesar da roupa simples que usava, a cada passo balançava os quadris com uma sensualidade sutil. Até o movimento de seu rabo de cavalo tinha algo de hipnótico e ancestral.

Saímos do bairro repleto de velhas casas e chegamos a um setor da cidade mais moderno e desordenado, embora com prédios igualmente baixos.

Minha guia se deteve diante de uma porta de madeira com grades que filtravam uma suave luz alaranjada.

Segundos depois de tocar a campainha, a porta correu para o lado. A abertura só permitia a entrada de uma pessoa. Do outro lado, a silhueta de um homem muito magro conversou com a jovem em seu idioma.

Finalmente se afastou da fresta da porta para que entrássemos em um espaço onde havia quatro barris com bancos em volta de cada um. Duas lanternas de parede iluminavam o que parecia uma adega. Àquela hora da noite, porém, não havia mais ninguém.

O dono apontou para um dos barris e desapareceu atrás de uma cortina vermelha. Imaginei que servisse para separar a sala da cozinha.

— Acho que estavam prestes a fechar e viemos estragar seu descanso — comentei.

— E daí?

— Você fala como uma menina malcriada de Los Angeles — censurei-a, pensando em um filme de Sofia Coppola que havia visto há um mês.

— Quase... Mas sou de São Francisco e já não sou nenhuma menina. Daqui a uma semana farei 30 anos.

— Parabéns de antemão. Seu tio me disse que vai viajar para praticar alpinismo.

— É uma maneira de dizer. Atirar-se no vazio de uma montanha muito alta é alpinismo?

— Eu acho que sim — respondi, sem ceder às suas provocações. — Pelo menos as pessoas que se ferem escalando montanhas são alpinistas.

— Então é assim que celebrarei essa idade que ninguém quer, por mais que digam o contrário.

O proprietário, cozinheiro e garçom apareceu com duas cuias com sopa de missô, colocando um ponto final naquela conversa cínica e sinistra. Mizuki pediu duas cervejas e apoiou o queixo nos dedos entrelaçados.

— Fale de você. O que veio fazer sozinho em Quioto? — Antes que eu pudesse responder, acrescentou: — E não me diga que está aqui só porque enfiaram um cartão-postal debaixo de sua porta. Não acho que seja tão idiota!

Tomei um gole da Asahi gelada para conter minha vontade de esbofeteá-la. Ao contemplá-la no vazio daquela taberna, no entanto, senti pena dela. Mizuki era um pobre diabo perdido entre o Oriente e o Ocidente. Uma vez que aquela podia ser perfeitamente a última noite em que nos víamos, não me importei em ser sincero:

— Por um lado, ajudarei meu amigo escritor a procurar documentos sobre o *Wabi-Sabi*. Já estou lendo sobre o tema e espero poder entrevistar artistas ou filósofos que me digam algo mais.

Neste momento, o proprietário apareceu com um panelão fumegante e uma pinça. Deixou-os em cima de um banco vazio para poder levantar a tampa do barril, que escondia uma base de areia. O homem formou ali um círculo com pedaços de carvão ardente e depois instalou a grelha.

— Agora ele trará verduras frescas e três tipos de carne para que possamos cozinhá-las no ponto que quisermos — explicou Mizuki, logo antes de retomar o assunto. — Então você veio para aprender a arte da imperfeição?

— É meu pretexto para sentir que não estou perdendo tempo aqui. Gosto de pensar que estou fazendo alguma coisa.

— Sempre se faz alguma coisa — disse ela, fixando os olhos ligeiramente rasgados nos meus. — Agora você está comigo em uma churrascaria.

Gostaria de ter respondido: "Eu me referia a fazer alguma coisa proveitosa." Porém, em vez disso, adotei um tom de confidência, fruto do aturdimento do jet lag e da estranheza de estar ali com uma bela desconhecida.

— A verdade é que eu precisava fugir por um tempo de Barcelona. A mulher com quem passei oito anos da minha vida me abandonou, e agora estou procurando meu lugar no mundo, você entende?

— Perfeitamente — disse ela, enquanto sua mão fria e suave cobria a minha. — Acabo de abandonar o homem da minha vida em São Francisco e agora sinto que cometi um erro imperdoável.

— É melhor estar no seu lugar do que no meu. Você sempre poderá voltar para ele. Certamente ainda está apaixonado.

Mizuki afastou uma mecha de cabelo preto da orelha, que era pequena e redonda, como se quisesse ouvir bem o que eu estava lhe dizendo. Depois respondeu:

— Eu também continuo apaixonada por ele, mas é impossível voltar. Aconteceram coisas que não podemos desfazer. Por isso quero desaparecer. Para sempre.

Habituado a lidar com crises de estudantes que desabam diante da dificuldade do alemão, dei dois tapinhas em sua mão antes de afastar a minha e acrescentei:

— Essas coisas sempre acontecem. Foi o que seu tio disse logo que entrou no bar esta noite.

Os lábios carnudos de Mizuki murmuraram algo quase inaudível em japonês antes de voltar ao seu segundo idioma.

— Há coisas que seria melhor que não tivessem acontecido nunca. Por isso deixei os Estados Unidos para passar três meses com meu tio. É a pessoa que mais amo no mundo, e queria me despedir dele.

— Se despedir?

— Sim, antes de acabar com tudo — inspirou profundamente. — Não sou uma alpinista tão boa como o fiz acreditar, sabe? Nunca escalei sozinha uma montanha de mais de três mil metros. Resolvi ir às montanhas de Hokkaido só porque há muitos lugares desabitados. Pensei em tudo muito bem.

— Pensou em quê? — perguntei, alarmado.

O cozinheiro colocou ao nosso lado uma bandeja com diferentes cortes de carne e uma pequena frigideira com pedaços de cogumelos, cebola e meia espiga de milho.

Sem afastar os olhos do círculo de brasas, que iluminavam a pele branquíssima de seu rosto, Mizuki continuou:

— Antes da excursão final, destruirei meus documentos e me desfarei de qualquer coisa que possa servir para me identificar. Então subirei ao cume mais alto que encontrar, cantarei uma canção e pularei no precipício. Fim.

— Não diga bobagem. Vamos jantar — eu disse, enquanto colocava a carne e as verduras em cima das brasas com os pauzinhos.

Mizuki agarrou com força minha mão livre para me fazer entender que falava sério. Em sua expressão tensa havia sofrimento e determinação.

— Meu tio jamais saberá que morri. Serei mais um desses alpinistas que desaparecem sem deixar rastro e nunca mais se volta a saber deles... Talvez ele pense que fiquei vivendo em uma casinha na montanha, quem sabe? Ou que conheci um homem e fugi com ele sem dizer nada. Seria típico de mim fazer isso.

— Tudo são possibilidades. — Virei os pedacinhos de carne para que não queimassem. — Mas seria uma estupidez enorme se suicidar no dia de seu trigésimo aniversário. É dentro de uma semana, não é mesmo?

— Sim, acho que é um bom momento para sair daqui. Por que é uma estupidez?

Tentei pensar enquanto reorganizava os vegetais na grelha para que não ficassem chamuscados.

— Qualquer um pode partir quando quiser, mas deve tentar primeiro fazer com que as coisas fiquem em seus lugares. Você não pode deixar aqueles que a amam desamparados.

— O que você quer dizer?

— Seu tio me disse que está avançando muito no inglês graças a você. Aprender o idioma é seu maior desejo desde que ficou viúvo — improvisei. — Seria uma falta de respeito para com seu aluno se pulasse em um precipício antes de as aulas terminarem.

Dito isso, peguei com os pauzinhos alguns minúsculos cogumelos e, depois de molhá-los no molho de soja, levei-os à boca. Estavam tenros e crocantes.

Mizuki mordeu o lábio inferior. Parecia pensar. Não era necessário ser um gênio para entender que, por mais bela que fosse, estava totalmente desequilibrada.

— Tudo bem — respondeu, finalmente. — Vou dar a ele mais três ou quatro aulas... mas com uma condição.

— Que condição?

— Você tem que me prometer que não irá embora antes de eu voltar de Hokkaido.

Levantei o braço para pedir outra cerveja. Havia caído em minha própria armadilha. Meu plano de voltar para casa depois de visitar uns dois ou três templos estava prestes a ir por água abaixo, mas recuperei o equilíbrio mental.

— Não posso ficar dez dias aqui esperando que você volte, Mizuki.

— Ah, não?

Pronunciou essas palavras com a expressão de desgosto de uma garotinha. Fazendo malabarismos com planos que eu não tinha, propus:

— Posso me comprometer a esperá-la se voltar no dia do seu aniversário. Aproveitarei a semana para fazer algumas visitas e tomar notas para meu amigo.

— Combinado.

Surpreendeu-me que tivesse aceitado o pacto tão depressa. Mais uma prova de que não estava em seu juízo perfeito e de que sua mente vagava sem rumo. Molhei um pedaço de carne cozida, enquanto ela observava, hipnotizada, o círculo de brasas. Mal havia provado as verduras.

— Faremos isso... — falei, cheio de paciência. — Nos encontraremos no bar Samuel na próxima quinta-feira e comemoraremos com seu tio seus 30 anos. Depois poderemos voltar aqui, se você quiser.

— Só darei mais algumas aulas a ele, que isso fique claro — afirmou com uma inesperada frieza. — Sou como esse círculo que logo será de cinzas. Meu corpo ainda está quente, mas faz tempo que o fogo que alimentava minha alma se extinguiu.

O CAFÉ DAS CANÇÕES TRISTES

O homem sozinho em Tóquio

Dediquei a última semana da primavera a usar o Japan Rail Pass para percorrer um pouco o país. De Quioto fui a Nara, famosa pelo Buda gigante que fica em um templo de madeira não menos descomunal. Para chegar ao Iluminado, era necessário atravessar um parque onde cervos mordiam o traseiro dos turistas para que largassem os biscoitos comprados para eles.

Meu próximo destino foi Osaka, uma cidade totalmente sem graça de dia, mas que à noite se transforma em um cenário futurista, com meninas de vestidos e maquiagens inacreditáveis passeando sob as luzes de néon.

Fiquei apenas dois dias em Tóquio, porque suas dimensões não foram feitas para mim. Tempo suficiente para visitar o mercado de peixe, o ambiente exclusivo de Ginza, a estátua de Hachiko — o fiel cão Akita que inspirou o filme *Sempre ao seu lado* — e o 52º andar do hotel Hyatt.

Deste mirante onde fica o New York Bar, famoso por *Encontros e desencontros*, saudei naquela terça-feira a chegada do verão. Inspirado pelo apático protagonista do filme, pedi um uísque Suntory de 17 anos enquanto contemplava o entardecer sobre a megalópole.

Para tornar a vista mais suave — e justificar o preço exorbitante das bebidas —, um clone de Diana Krall tocava ao piano clássicos norte-americanos que para mim eram música de elevador. Instalado no balcão ao lado da vidraça, eu combinava uma vista panorâmica vertiginosa da cidade com a leitura do Lonely Planet enquanto queimava a garganta com o malte japonês.

Calculei que cada gole significava uma sangria de dois euros em meu orçamento.

Há algo místico e ao mesmo tempo triste na figura de uma pessoa que passa as férias sozinha. Havia pensado nisso mais de uma vez em alguma das escapadas de fim de semana que fiz com Gabriela. Ao ver um homem comendo em silêncio em um restaurante chinês do Soho londrino ou uma menina estrangeira passeando sozinha pelo Louvre, eu me perguntei se aquela solidão era desejada ou imposta pelas circunstâncias.

Nem sempre é fácil diferenciar uma situação da outra. Há quem abandone seu parceiro porque quer ficar sozinho, porque está cansado das discussões domésticas que se transformaram na trilha sonora do dia a dia. Também existe aquele que, ao ser abandonado, descobre as vantagens da solidão — este não era meu caso — e reencontra tesouros pessoais que havia desprezado enquanto tentava se moldar a alguém que, visto sob a perspectiva da separação, já fazia parte de um mundo distante.

Tal como costuma acontecer, enquanto eu pensava em tudo isso sob a anestesia alcoólica do Suntory, a pianista cantou uma balada composta por Stevie Nicks que abordava a questão da maturidade.

Até que ponto somos capazes de aceitar as diversas épocas de nossa vida?

Well, I've been afraid of changing
'Cause I built my life around you.
But time makes you bolder,
Even children get older,
*And I'm getting older, too.**

Mas não nos enganemos: a solidão dá medo e bem poucos rompem uma relação para passar à vida monástica. O mais habitual é trocar uma parceria por outra acreditando que a vida possa ser melhor.

Esse não era o meu caso nem o de Gabriela, se é que eu devia confiar em sua versão de certos fatos que continuavam misteriosos para mim.

Enquanto eu pensava em tudo isso, a luz solar abandonou a multidão de arranha-céus que começavam a acender seus néons.

Eu me vi pensando em um velho amigo da faculdade, talvez o único que eu havia tido. Fazia anos que se muda-

---

* Tive medo de mudar / Porque construí minha vida em torno de você. / Mas o tempo nos torna mais atrevidos / até as crianças envelhecem, / E eu também estou ficando velho. (*N. do A.*)

ra para Portugal depois de se casar com uma aeromoça. Disse-me certa vez que não podia imaginar maior solidão que a de um homem sozinho em Tóquio. Estar cercado por milhões de pessoas e não ter com quem conversar.

Agora o homem sozinho em Tóquio era eu.

Transformar-se em flor

No último dia do meu breve tour pelo Japão, visitei Nikko, uma aldeia no meio de uma montanha cercada por santuários a cento e quarenta quilômetros ao norte da capital.

Apesar da distância, insignificante para o país do *shinkansen*, o deslocamento até lá foi uma pequena odisseia. Era preciso ir à cidade industrial de Utsunomiya para, em seguida, pegar um trem local que parecia ter sido reformado pela última vez nos anos 1970.

Sentado em um banco lateral de veludo vermelho, a visão dos primeiros arvoredos me animou a voltar ao ensaio de Titus. Desde Osaka havia tido com ele uma longa guerra por whatsapp. Custou a admitir que era o autor dos cartões-postais que haviam me levado ao fim do mundo, mas finalmente reconheceu a farsa.

Embora não pudesse ler sua expressão à distância, achei que seu arrependimento era sincero. Inclusive se ofereceu para me devolver o preço das passagens em várias parcelas a partir de setembro. "Não vou pagar a hospedagem, as refeições e as bebidas, porque é você quem está dormindo, comendo e bebendo", disse. "Conversaremos depois", foi minha resposta final.

Com Gabriela troquei apenas poucas mensagens. Perguntei-lhe se estava ciente da fraude, e ela me disse que sim, mas que a ideia não tinha sido dela. Continuava em Paris e com sintomas de uma depressão incipiente.

"Estou me lixando", disse a mim mesmo ao me recordar disso, enquanto o trem seguia em frente. Havia começado a chover, e os pequenos montes azulados pareciam fazer parte de um sonho naquele vagão de outros tempos.

Como um repentino *satori* — um momento de iluminação —, senti que aquela paisagem representava à perfeição meu âmago, com descidas e subidas muito pronunciadas.

A única coisa boa de ser um homem que se comporta com moderação é que as catástrofes nunca são imensas.

Procurei na compilação de ensaios um texto de D. T. Suzuki, o introdutor do zen no Ocidente, que falava exatamente disso. De como a meditação tem como objetivo final levar o sujeito a se fundir ao objeto, o observador ao observado.

Só quando penetramos na essência das coisas podemos entendê-las em toda sua profundidade. Suzuki explica isso de uma forma muito bonita através da relação de um meditador com uma flor.

> *Conhecer a flor e se transformar na flor, ser a flor, florescer como a flor e desfrutar a luz do sol e a chuva. Quando faço isso, a flor fala comigo e conheço todos seus segredos,*

todas suas alegrias, todos seus sofrimentos, ou seja, toda a vida vibrante dentro dela. E não apenas isso: junto com meu conhecimento da flor conheço todos os segredos do universo, o que inclui os segredos do meu próprio Eu. Eles têm impedido minha busca de toda uma vida, porque me dividiram em uma dualidade, o perseguidor e o perseguido, o objeto e a sombra.

Agora, no entanto, ao conhecer a flor, conheço a mim mesmo. Ou seja, ao me perder na flor, conheço o meu Eu, assim como a flor.

Era uma reflexão simples, mas transcendente. Precisaria lê-la mais algumas vezes para entender plenamente o que queria dizer. Então, o que a flor nos ensina? A olhar e pronto? Talvez só seremos capazes de voltar os olhos para nós mesmos quando aprendermos a contemplar sem filtros as coisas menores.

Em geral, não há coisas bonitas ou feias, mas olhares bonitos ou feios.

Esse pensamento me levou de volta a Mizuki. Fazia apenas cinco dias desde a noite com ela no bar e na churrascaria, mas minha viagem dava a impressão de ter dilatado o tempo que nos separava.

Imaginei-a escalando as montanhas escarpadas daquela ilha ao norte do Japão. Ali, em Sapporo, foram realizados, em 1972, os Jogos Olímpicos de Inverno, e macacos se banhavam em pleno inverno em águas termais. Eu tinha lido isso em um exemplar da *National Geographic*. Ela os teria visto?

Havíamos combinado de nos encontrar à noite, no dia seguinte, no bar que tinha meu nome, mas de repente fui assaltado pelo medo. E se Mizuki cumprisse sua ameaça e não voltasse nunca?

Tranquilizei-me pensando que o verdadeiro suicida não anuncia nunca seu ato mortal, simplesmente o executa.

Com essa paisagem mental, enevoada e mutável como a que me cercava, o trem parou em Nikko.

Não ver, não ouvir, não falar

Acordei em uma hospedaria de Nikko ao lado de cinco companheiros de quarto. A noite havia sido um concerto sem trégua de roncos, suspiros e até algum solilóquio noturno em japonês. Apesar de ter despertado várias vezes, os abetos recortados pela luz da lua haviam me proporcionado paz. Peguei no sono com as silhuetas que via pela janela, ao pé da minha cama, e dormi profundamente.

Desci para tomar o café da manhã com a sensação de ter descansado dias inteiros. Talvez minha alma quisesse estar cercada de bosques, pensei, e eu a havia enclausurado injustamente na cidade.

No refeitório comunitário havia três garotas japonesas com bonés de escoteiro, que sussurraram alguma coisa entre elas ao me ver descer, e um homem ocidental de uns 50 anos. Calvo e bigodudo, usava suspensórios de tirolês, calça curta e resistentes sapatos de *trekking*.

Ergueu a mão para me saudar. Um minuto depois estávamos conversando diante de um prato de ovos fritos com feijão. É uma lei tácita que dois viajantes solitários conversarão e terminarão caminhando juntos por aí.

Apresentou-se como Hans Martin, da cidade suíça de St. Gallen. Depois de anos querendo conhecer o Japão, havia vencido seu pânico de avião para empreender aquela aventura solitária. Eu me limitei a lhe contar a história do *Wabi-Sabi* e dizer que naquela mesma tarde voltaria para Quioto.

— Certamente os Três Macacos Sábios serão uma boa inspiração para seu livro — disse em um inglês muito correto.

Eu havia lido alguma coisa sobre aquela escultura de madeira com um macaco que tapa os ouvidos, outro que cobre a boca e um terceiro que tapa os olhos com as mãos, mas não sabia o que faziam em Nikko.

Hans Martin era um verdadeiro especialista no assunto:

— Estão em cima das cavalariças do santuário de Toshogu, do século XVII. Não fica muito longe daqui, posso acompanhá-lo, se não se incomoda.

— Pelo contrário — respondi, surpreso com sua gentileza. — Será um prazer e, além disso, disponho de poucas horas para visitar os templos. Vou pegar o trem depois do almoço.

— Se vai visitar apenas um lugar, que seja Toshogu.

Pouco depois já estávamos a caminho, atravessando bosques imaculados que resplandeciam sob a luz da manhã. A estranha calma que me invadira à noite se multiplicava a cada passo. A essa hora ainda não havia ninguém, a não ser nós dois e os pássaros que cantavam nos galhos mais altos.

— Será fantástico pesquisar sobre a beleza do que é imperfeito — disse Hans Martin ao me guiar por um caminho sob a sombra das árvores. — Há muita gente que tenta tornar tudo liso e uniforme. O mundo é crespo e fendido. Nada sai como o previsto e é bom que seja assim, pois seria terrivelmente tedioso. Você sabe o que dizia Tagore?

— Muitas coisas, suponho. Também falou do *Wabi-Sabi*?

— À sua maneira. Disse que a floresta seria muito triste se só cantassem os pássaros que cantam melhor.

Esta frase me impressionou profundamente. Enquanto continuávamos caminhando em silêncio, pensei que o aforismo devia ser válido para as coisas do amor. Seria muito triste se o amor fosse reservado às pessoas mais atraentes, empáticas e sedutoras, porque estas são justamente as que não precisam dele. Basta a admiração que despertam ao seu redor.

Os corações partidos ou sedentos são os que precisam ser amados. E se não aprenderam direito a canção da vida, cantar ao lado de outro pássaro que saiba talvez os ajude a acertar o tom.

No meio desses pensamentos, chegamos de repente ao *tori*, a entrada do templo formada por duas colunas e um travessão curvado.

Hans Martin se mostrava feliz por estar em Toshogu, embora fosse a terceira vez em dois dias que visitava o templo.

— Vamos ver Mizaru, Kikaruzu e Iwarazu — disse, com entusiasmo infantil.

— Quem são?

— Os três macacos, homem! Eles se chamam assim, e seus nomes significam "não ver", "não ouvir" e "não falar".

A seguir me conduziu pelos diferentes pavilhões e altares de madeira, que eram ricamente ornamentados com figuras humanas e de animais. Chamou minha atenção a escultura de um gato preto e branco que dormia entre flores de lótus, mas, sem dúvida, as grandes estrelas de Toshogu eram os San Saru, como eram chamados em japonês.

Plantei-me diante daqueles macacos que exibiam de forma tão expressiva sua rejeição aos três sentidos.

— Você sabe por que fazem isso, Hans? — perguntei.

— Há várias interpretações. Uma é que, para manter seu coração puro, você não deve ouvir nem falar nem ver o mal, porque contamina sua mente.

— Então não deveríamos nunca entrar em contato com as notícias.

— Depende de quais forem.

Com essa resposta ambígua, terminou nossa conversa sobre os macacos.

Para onde vai a Ilha das Enguias?

A volta a Quioto foi longa, porque tive que pegar o lento trem até Utsunomiya e dois trens-bala para chegar à velha cidade imperial já à noite.

Embora a arquitetura futurista da estação tenha me surpreendido de novo, depois de uma semana andando por aí tive a sensação de que voltava para casa. Nikko é uma aldeia que fica no meio dos bosques, e a capital japonesa é um bosque de cimento infinito onde você também pode se sentir perdido.

Quioto tem a medida perfeita para uma cidade, pensei enquanto entrava no táxi com destino ao Ryokan das Rãs Azuis. O preço do estabelecimento era uma hecatombe para meu bolso, mas gostava de me hospedar na rua do karaokê solitário e, por isso, acabei não mudando de alojamento.

A pequena recepcionista me fez uma reverência e me acompanhou até o mesmo quarto que eu havia ocupado seis noites atrás.

Sob a ducha morna, senti como se a viagem da qual havia voltado tivesse sido apenas um sonho. Tudo parecia estar no mesmo lugar, inclusive eu.

Enquanto eu me enxugava e me vestia, por um momento fiquei tentado a me enfiar na cama. Precisava descansar daquela longa jornada, mas tinha medo de cair no sono e faltar ao encontro. Havia prometido à sobrinha de Okamura que nos veríamos naquela noite, sob a condição de que ela não fizesse nenhuma besteira.

Eu havia cumprido minha parte do trato. Ela cumpriria a sua se aparecesse no bar Samuel, como quer que o local se chamasse agora.

Às nove e meia, constatei que o bar ainda tinha meu nome. Aquilo que a princípio havia me parecido ofensivo e depois ridículo agora me parecia um sinal de que o equilíbrio se mantinha em meu pequeno universo de Quioto.

Empurrei a porta escura e, como um replay, a garçonete me apontou com displicência o mesmo banco que eu havia ocupado nas primeiras duas noites.

Eu voltava a ser o único cliente, mas a música estava a todo volume; era uma canção mais estridente e antipática do que a dos cogumelos.

Hyoutan-jima wa doko he iku
bokura wo nosete doko he iku
Marui chikyuu no suiheisen ni
nanika ga kitto matteiru
Kurushii koto mo arudaro sa
Kanashii koto mo arudaro sa
Dakedo bokura wa kujikenai
Naku no haiyada warachaou
*Susume hyokkori hyoutan-jima**

* Para onde vai nossa Ilha das Enguias? / Para onde nos leva? / Certamente há algo que nos espera. / No horizonte desta Terra redonda, / certamente virão tempos difíceis, / certamente virão momentos tristes, / mas não desistiremos! / Nós odiamos chorar, por isso iremos sorrir e seguir em frente. / Surpresa, a Ilha das Enguias! (*N. do A.*)

Se soubesse alguma coisa de japonês, além de quatro saudações, teria lhe pedido para abaixar imediatamente aquela música enervante. Em vez disso, no entanto, permaneci imóvel enquanto ela me servia uma Asahi.

Em seguida, a porta foi aberta e Okamura fez sua entrada triunfal. Vestia um blazer azul-marinho listrado e gravata azul-celeste. Seus cabelos grisalhos haviam voltado ao seu lugar e, por isso, imaginei que na primeira noite havia usado o saquê e o microfone como armas para lutar contra a recordação de sua mulher.

— *Konbanwa*.* Pode lhe pedir que abaixe a música?

— Por quê? Já está terminando... Não gosta de enguias?

— Fala de enguias?

— Sim, de enguias e de esperança. Esta canção é muito popular entre os japoneses.

Poupei-me de fazer outros comentários. O fato de haver no *hit parade* popular uma canção sobre cogumelos silvestres e outra sobre enguias significava que a visão excêntrica que temos dos nipônicos não é tão disparatada.

A porta preta foi aberta pela terceira vez em poucos minutos, e a sobrinha apareceu. Não apenas voltara da montanha sã e salva como comparecia ao encontro vestida para matar.

---

* Boa noite. (*N. do A.*)

A felicidade dos ainus

Fiz o mesmo caminho entre a Quioto histórica e o bairro mais moderno de casas baixas com uma Mizuki irreconhecível. Como se tivesse passeado pelas lojas de Shibuya, o bairro com roupas para jovens, em vez de ter passado uma semana na montanha, usava uma saia preta mínima, meias de renda e sapatos de salto alto.

Caminhei de novo meio metro atrás dela e pude admirar suas pernas intermináveis e o buraco que se abria por trás de sua camiseta vermelha, deixando à vista seu sutiã preto. Não usava mais os cabelos recolhidos em um rabo de cavalo, mas uma trança ao redor de um coque alto.

Que a japonesa de São Francisco tivesse trocado o papel de suicida pelo de *fashion victim* me deixava desconcertado.

Enquanto nos dirigíamos à churrascaria, ela não me deu nenhuma explicação. Ignorou-me durante todo o caminho até que chegamos à porta de madeira com grades. Depois de tocar a campainha, virou-se para me dar uma piscadela. Estava com os lábios pintados e tinha uma boa dose de rímel nas pestanas.

O saco de ossos que administrava o restaurante abriu completamente a porta de correr quando nos viu. Embora desta vez tivéssemos chegado bem mais cedo, éramos novamente os únicos clientes do local.

Sentamos ao redor do mesmo barril. Além da mudança radical do visual de Mizuki, imaginei que tudo aconteceria exatamente como no encontro anterior. Ela, no entanto, se encarregou de me demonstrar o contrário.

Uma garrafa grande de saquê frio aterrissou na tampa do barril, ao mesmo tempo em que ela dizia:

— Precisamos celebrar o fato de termos retornado.

— Você duvidava disso?

— Sabia que você voltaria — disse com um olhar estranhamente fixo. — Mas, quanto a mim, não tinha tanta certeza.

Bebi meio copo daquele saquê, que não era filtrado, analisando a primeira afirmação. Sua certeza de que eu viria significava que tinha muita consciência de que era atraente ou que havia detectado que minha alma medrosa não queria lidar com o peso de um suicídio nas costas.

Do meu lado do barril, contemplei à luz das lanternas seu belo rosto oriental. Seu longo pescoço terminava em ombros retos. Abaixei meu olhar por um instante até me deparar com uns seios que pareciam ser de um tamanho considerável sob a camiseta justa.

— Conte o que fez em Hokkaido — disse, recuperando a compostura. — É verdade que lá os símios se banham em água quente?

— Está falando dos macacos? Para vê-los nas fontes termais eu deveria ter ido no inverno, quando a temperatura fica abaixo de quinze graus negativos.

— Claro... Esqueci que o verão acabou de começar.

— Passei a semana inteira em uma comunidade de índios ainus — explicou enquanto cheirava o copinho de saquê.

— Ainu... — repeti. — Nunca tinha ouvido essa palavra na vida. Na verdade, sequer sabia que havia comunidades indígenas no Japão.

— Restam apenas uns mil. São animistas, acreditam que tudo o que há na terra tem seu *kamui*, um espírito divino. Abençoam os espíritos do vinho e dos alimentos antes de comer e vivem em casas de bambu que chamam de *cise*.

— Mas, além disso, são como os outros japoneses? As mulheres se vestem... como você?

— De forma alguma! — Mizuki me olhou como se eu estivesse zombando dela. — Vesti-me assim porque passei muitos dias dormindo no chão de uma cabana como se fosse uma ainu, mas posso lhe dizer que eles são diferentes de nós em tudo. Por exemplo, não têm móveis.

As duas cuias de sopa de missô chegaram quando minha acompanhante se divertia, fascinada, contando as coisas que havia visto na tribo.

— Os homens usam barba e bigode longuíssimos. As mulheres tatuam a boca, como se tivessem um grande sorriso negro, e também os órgãos genitais. Andam cheias de brincos e pingentes e caçam no bosque usando arco e flechas envenenadas. — Soprou a sopa espessa antes de concluir. — De fato, quando comem, os homens só usam os pauzinhos para afastar o bigode. As mulheres usam colheres.

— Alegra-me que tenha voltado com bom humor — disse, antes de começar a tomar o missô. — Os ainus ensinaram a você seu idioma?

— É muito difícil e não tem nada a ver com o japonês. Só aprendi uma palavra: *anekuroro*. Significa "feliz". Era o que me dizia a avó da cabana sempre que eu agradecia a boa comida.

— *Anekuroro*... Não sei mais quanto tempo ficarei em Quioto, mas fico feliz de vê-la feliz.

Mizuki bebeu o caldo lenta e relaxadamente, com as pálpebras abaixadas. Então sorriu e disse uma coisa que não entendi:

— Hoje à noite você terá a oportunidade de me provar que isso é verdade.

Namida no Café

Depois do jantar, Mizuki me levou à avenida Shijo-dori. Era uma via central, lotada de gente, que ia do Santuário de Yasaka a uma ponte famosa que cruza o rio Kamu.

Agitada pelo tráfego da noite de quinta-feira, além do zumbido musical das casas de *pachinko* e outros jogos, me surpreendeu o caos arquitetônico reinante na avenida. Edifícios vanguardistas de três ou quatro andares se misturavam com cubículos sem graça cobertos por cartazes e com escritórios de luxo. Entre eles, uma selva desordenada de cabos elétricos levava a pensar que a cidade inteira poderia ficar às escuras por causa de uma faísca.

— É por aqui — disse-me Mizuki, me arrastando pela mão até um beco. — Agora vai conhecer meu café favorito.

Surpreendeu-me a pele fria da minha acompanhante, como se fosse um belo réptil, enquanto adentrávamos aquela rua estreita e mal-iluminada. Nos diferentes andares de edifícios que pareciam inacabados, algumas lâmpadas isoladas iluminavam letreiros de estabelecimentos comerciais, todos escritos em *kanji*.

— São prostíbulos?

Há alguns no Japão, mas aqui é muito comum haver lojas em todos os andares dos prédios. É um país tão populoso, que o comércio não caberia apenas no nível da rua.

Paramos diante de um pequeno edifício revestido com azulejos brancos que recordava os primeiros edifícios da Costa Brava. A escada externa passava por quatro estabelecimentos com cartazes pintados à mão sobre listéis de madeira. O do sótão exibia o desenho de uma cabeça alienígena com uma lágrima no rosto.

— É o de cima — apontou, enquanto tomava a dianteira nas escadas.

Enquanto a seguia pelos degraus, tive a impressão de que ela queria que eu contemplasse o bonito formato de seu traseiro sob aquela minissaia.

A caminho do Namida no Café, deparei-me rapidamente com locais tão minúsculos quanto o bar onde havíamos nos conhecido, embora tivessem muito mais estilo. Um deles, o Yellow, fazendo honra a seu nome, era completamente amarelo: do chão às paredes e aos móveis, passando pela camisa do garçom.

O favorito de Mizuki era um bar sombrio, de uns quinze metros quadrados, com três mesas minúsculas e um sofá. Atrás de um balcão bem sortido de licores, um jovem japonês de topete nos deu as boas-vindas com um movimento de cabeça.

Percebi que embaixo de seu olho direito havia uma lágrima tatuada.

Instalado em uma das extremidades do balcão, um toca-discos portátil tocava a trilha sonora. Enquanto o vinil girava, a capa ficava apoiada em duas garrafas. As últimas notas de *Atmosphere*, do Joy Division, se despediam, tristes e sinistras.

Don't walk away in silence,
*Don't walk away.**

Mizuki se esparramou no sofá. Eu procurei com o olhar um banco para me sentar diante dela, no outro lado de uma mesa de vidro rachado.

— Não seja tão *gentleman* — censurou-me. — Pode se sentar ao meu lado.

Para não parecer covarde, fiz o que ela me pediu deixando um espaço entre nós dois. Ela deu uma ordem rápida ao garçom em japonês.

— O que você pediu? — perguntei, inquieto.

— Dois coquetéis Stigmata Martyr. Não vou dizer o que contêm, vamos ver se adivinha.

O disco havia parado de girar. Fez-se silêncio enquanto o garçom se ocupava de nossas bebidas.

— Este não parece um lugar muito alegre.

— E não é. O nome diz tudo: Café das Lágrimas.

— Viemos aqui para chorar?

Uma expressão tensa em seus lábios me indicou que não havia gostado da ironia.

* Não vá embora em silêncio, / não vá embora. (*N. do A.*)

A invasão da alegria

Dois coquetéis, vermelhos como a camiseta de Mizuki, aterrissaram na mesa justo quando outro cliente entrava. Um cabeludo com o rosto estranhamente longo ocupou o lugar mais afastado de nós. Dadas as dimensões daquele lugar, aquilo significava que estava a uns dois metros e meio.

Animado com o êxito que significava ter três clientes ao mesmo tempo, o garoto do topete ligou uma tela plana incrustada debaixo do balcão para ganhar tempo. O monitor estava conectado em um canal do YouTube que não poderia ser mais adequado: *Sad Songs Channel.*

Sobre uma flor congelada surgiu "Lost Song", de Ólafur Arnalds, uma peça neoclássica executada por um violino choroso e um piano repetitivo e deprimente.

Tomei um gole do coquetel, uma mistura de gim e suco de tomate, antes de dizer à japonesa:

— Não acho estranho que você tenha vontade de se atirar de um precipício se vem com muita frequência a este bar. Como pode gostar daqui?

— O Namida no Café é um consolo para mim.

Bebi um pouco mais do Stigmata Martyr enquanto esperava uma explicação da parte dela. Apoiada no sofá com as pernas flexionadas, dirigiu-me um olhar de cansaço existencial antes de dizer:

— Quando você não está no melhor momento de sua vida, não há nada mais ofensivo do que a invasão da alegria. Tenho vontade de chorar ao entrar em lojas de departamento onde tocam música techno e os clientes riem e gritam como loucos. Inclusive no bar onde meu tio...

— Nem me fale — intervim. — A canção das enguias é horrível.

— Existem muitas piores, acredite. — Em seu rosto branquíssimo se esboçou um sorriso suave. — Gosto deste café porque não tenho que fingir que estou feliz nem tapar os ouvidos nem odiar ninguém. As canções combinam com meu estado de espírito, que é, basicamente, uma ruína. Aqui sinto que as coisas são como deveriam ser.

Comovido por aquela confissão, me imbuí do papel de irmão mais velho para sondar sua beleza trágica.

— Os estados de espírito mudam como as estações do ano. Nem os dias de sol nem os de frio extremo são para sempre. Embora entenda que é difícil perceber isso quando se está no fundo do poço.

Ela me dirigiu um olhar entediado enquanto abraçava as pernas e apoiava o queixo nos joelhos. Entendi que esse tipo de sermão não tinha nenhum efeito sobre ela e, por isso, me interessei pelos detalhes que a haviam levado àquele estado.

— Como era seu marido?

Mizuki meneou a cabeça lentamente, como se despertasse de um sonho, antes de responder:

— Richard era um homem bom, talvez bom até demais. Tão firme em suas convicções que eu sempre adivinhava o que faria a seguir. Tornou-se inteiramente previsível.

— E você o abandonou por isso? — perguntei, procurando um reflexo do meu caso. — Você se entediava?

— É muito mais complicado do que isso... Digamos que era tão bondoso, atento e compreensivo que me incentivava a fazer exatamente o contrário. Como o yin e o yang, acabei sendo seu oposto.

— Não entendo.

— Eu também não. — Ela suspirou. — Por isso estou aqui. Espero que a distância me ajude a compreender.

Depois disso se fez um silêncio que tampouco era incômodo. De alguma maneira, havíamos começado a casa pelo telhado. Agora eu conhecia a conclusão de sua história, mas não a história em si.

Ela, por sua vez, também não sabia nada do meu pequeno drama. Só havia lhe dito que minha mulher tinha me deixado na mão.

E talvez eu não devesse lhe dar grandes explicações. Possivelmente bastava saber que éramos dois fracassados no amor que haviam ido parar no bar das lágrimas, embora minha vontade de chorar já estivesse passando.

Como se intuísse de alguma maneira minhas reflexões, Mizuki sugeriu, de repente:

— Já chega deste bar por hoje. Quer vir à minha casa?

— Não seria correto. — Agarrei-me ao que era óbvio. — Imagino que você more na casa de seu tio...

— Sim, mas ele mora no andar de baixo, e eu, no de cima. As portas são separadas. Está com medo de quê?

Geikos, maikos e *dannas*

Sem saber como aquilo havia acontecido, me vi sentado em um táxi ao lado de Mizuki. Dentro de mim se agitava um coquetel de sensações, alertas e desejos mais difíceis de discernir do que os ingredientes do Stigmata Martyr que eu acabara de tomar.

Enquanto o taxista se dirigia a um bairro do subúrbio, ao pé das montanhas que cercam Quioto, observei de soslaio aquela mulher que estava me arrastando para meu abismo particular. Era extraordinariamente atraente, das pernas até o rosto de princesa oriental, sem esquecer tudo o que devia haver no meio.

Qualquer homem em meu lugar teria tentado passar com ela uma noite louca e inesquecível, mas, para o bem ou para o mal, eu tinha muitos empecilhos. Fui enumerando-os enquanto o táxi abandonava as ruas do centro e entrava em bairros mais residenciais.

Alheios às minhas preocupações, os olhos de Mizuki pareciam ler nos faróis dos carros um mapa secreto do que acontecia na cidade. Enquanto isso, fiz um inventário das forças que impediam que eu me entregasse àquele anjo sensual, mas cheio de nuances.

O fato de ainda estar casada era motivo suficiente para não me aproximar dela mais do que já havia feito. Conseguia me colocar no lugar do marido abandonado. Por mais que ela tivesse voltado à sua cidade de origem, teria me ferido profundamente saber que havia se entregado a um estrangeiro que acabara de conhecer.

Por outro lado, restava saber se eu era livre para fazer o que quisesse. Gabriela havia me pedido uma pausa de duração indeterminada. Isso significava que devia me manter fiel nesse meio-tempo? Ela estaria sendo fiel a mim em Paris ou onde quer que estivesse? Ou haveria um homem do qual não havia falado para não me magoar?

Em meio a essas hipóteses, que só serviam para me ferir, senti os dedos frios de Mizuki acariciando a lateral do meu pescoço.

— Acho que você está tenso — sussurrou em meu ouvido. — Deveria relaxar. Eu não tenho nenhuma expectativa a respeito do que acontecerá entre nós, se é isso o que quer saber. Vivo um momento de cada vez. Quando estávamos no Namida, tive vontade de ficar com você em um lugar mais tranquilo, só isso.

— Fico lisonjeado — disse, tentando evitar que percebesse meu nervosismo. — Mas esta viagem tem sido reveladora. Acabo de descobrir que sou um homem que não sabe desfrutar os prazeres da vida. Por isso minha mulher me abandonou e por isso mesmo você terá uma decepção quando a noite terminar.

A única resposta de Mizuki foi aproximar o dedo indicador do nariz, perfeito e pequeno, e sorrir. Depois, apontou uma casinha ao lado do sinal de trânsito em que havíamos parado.

Boquiaberto, vi sair dali uma gueixa com uma espécie de alaúde e entrar em um carro com vidros fumê. Seus movimentos eram tão delicados que parecia flutuar sobre o chão.

— É a segunda vez que a vejo desde que cheguei à cidade.

— Então você teve sorte. Não é fácil vê-las, muito menos à noite.

— Está falando sério? Pensava justamente que elas trabalhassem em festas privadas à noite.

— Isso sim, mas se deslocam com total discrição, como acaba de ver. E não é nada comum que uma gueixa vá trabalhar de madrugada, como esta que vimos agora. — Ela me olhou de forma provocativa. — A não ser que seja uma gueixa moderna, como eu.

— Então é mais fácil vê-las de manhã? — disse, para mudar de assunto.

— Sim, embora só restem mil em todo o Japão, podem ser vistas de manhã no bairro de Gion fazendo compras com suas *maikos*.

— O que são as *maikos*?

— As aprendizes de gueixa. Em Tóquio elas começam aos 18 anos, mas aqui só é necessário ter 15 para se iniciar na arte de ser uma *geiko*, como chamamos as gueixas em Quioto.

— *Geikos* e *maikos*... E o que fazem, além de tocar alaúde e cantar? Quero dizer, além de se vestir e de se pentear de forma incrível e dominar as artes tradicionais japonesas?

— Você está insinuando que nossas *geiko* são prostitutas?

— Por favor. — Ergui os braços em sinal de desculpa. — Nada mais distante de...

— Embora seduzam de acordo com as velhas regras e possam entreter seus clientes, seu ofício nunca inclui nenhum tipo de relação sexual. O que elas têm tradicionalmente é um *danna*, um amante e protetor que lhes paga sua caríssima formação e o restante dos gastos implícitos em ser uma *geiko*.

Neste exato momento o táxi se deteve diante de um chalé de dois andares. Havíamos chegado. Mizuki pagou quatro mil ienes ao motorista, que acionou o suave dispositivo para abrir a porta.

Com a partida do veículo, enquanto tirava as chaves da bolsa, ela anunciou:

— Agora você vai saber o que faz uma *geiko* moderna.

Elogio das sombras

Tal como Mizuki havia me dito, o segundo andar, onde se hospedava, era acessado por uma escada que ficava à esquerda da garagem. Imaginei que o senhor Okamura estava curando sua bebedeira — eram duas da manhã — no andar de baixo, enquanto sua sobrinha destruía a tranquilidade do pobre *gaijin*.

Segui-a, mais uma vez, até a porta, suspeitando de que meu desejo naquela madrugada não suportaria muitos rounds.

Convidou-me a entrar em um loft. Porque era isso: um espaço diáfano sem tabiques, salvo por um largo painel de papel de seda que separava o tatame do restante do espaço.

Uma luz suave, indireta, que brotava de diferentes focos espalhados pelo chão, dava ao lugar o aspecto de um espaço de dança contemporânea.

— Isso aqui era o estúdio de escultura do meu tio quando ainda se dedicava a isso — disse Mizuki. — Desde que minha tia morreu, ele só trabalha o estritamente necessário e passa o resto do tempo naquele bar de Gion. Eu desconfio de que tenha algum caso com a dona. Não consigo entender o que faz sempre ali.

— Talvez só queira cantar uma música de vez em quando — sugeri, incapaz de imaginar um romance com aquela mulher árida e empertigada.

De fato, não os tinha visto conversar nem uma vez nas três ocasiões em que havia estado ali. Mizuki me trouxe de volta ao loft ao explicar:

— Quando cheguei, há três meses, trouxe tudo o que havia no porão para deixar este apartamento do meu jeito.

— E ficou ótimo — eu disse, com a intenção de passar para o outro lado do biombo, onde imaginava que ficava a sala.

— Agora sente-se na cama — pediu-me, para meu espanto. — Fique confortável. Preciso tomar um banho com urgência.

Antes que eu conseguisse protestar, desapareceu do outro lado do biombo de papel de seda.

Eu me senti totalmente deslocado; a educação me impedia de ir até uma parte da casa à qual não havia sido convidado. Talvez Mizuki já tivesse tirado a roupa — tinha ouvido seus sapatos caindo no chão de madeira — e agora passeava nua entre o banheiro e aquela parte do loft.

Minha mente formal só admitia duas opções: ou abandonava aquela casa imediatamente e ficava perambulando por aquele bairro residencial à procura de um táxi ou fazia o que ela havia me pedido.

Escolhi a segunda opção sem saber como escaparia se as coisas tomassem o rumo previsível.

Cansado de mim mesmo e das minhas preocupações, sentei-me em um lado da cama sem nem sequer tirar os sapatos. Diante de mim estava aquele biombo, pelo qual penetrava a luz de um foco mais potente que vinha do outro lado do apartamento.

Meu olhar se desviou em seguida para o único móvel que havia além da cama baixa: uma mesinha de cabeceira onde estavam um aparelho de CD e um livrinho. Curioso incorrigível, peguei-o.

Era a edição americana de um livro que fazia tempo que queria ter em minhas mãos. O clássico *Elogio da sombra*, escrito em 1933 por Tanizaki.

Havia lido em algum lugar que a estética japonesa, além de se recriar na imperfeição e no orgânico e efêmero, considera a sombra um elemento básico da arquitetura dos espaços.

Enquanto no Ocidente valorizamos o que é luminoso, polido e reto, os japoneses sentem fascínio por tudo o que é assimétrico e mascarado pelas sombras.

Estava prestes a mergulhar na leitura quando ouvi o barulho do chuveiro do outro lado da casa. Entorpecido pela bebida, à hora incerta da madrugada e com o entusiasmo de ter encontrado o livro, minha imaginação se transportou ao corpo que naquele momento recebia uma chuva cálida.

Ao perceber um ardor nas faces e um vazio no estômago, refugiei-me no pequeno texto de Tanizaki.

Um último sopro de vida

Fui seduzido pelas reflexões do mais famoso romancista contemporâneo do Japão sobre a beleza dos metais enegrecidos pelo tempo.

Tanizaki fica surpreso diante do fato de que no Ocidente sejam usados na mesa utensílios de metais brilhantes, enquanto os nipônicos acham de péssimo gosto tudo o que resplandece. Quando usam panelas, taças ou recipientes de prata, preferem que a superfície tenha enegrecido, o que significa que o objeto viveu e possui uma história.

Alguém disse que há sentimentos delicados em uma vasilha de chá, devido às conversas e pessoas ao seu redor, e eu estava descobrindo a beleza de tudo o que é gasto pelo furacão dos tempos.

Teria minha alma se tornado mais bela, agora que estava enegrecida pelo desprezo de Gabriela? O fato de estar estranhamente na cama de uma gueixa — ou *geiko* — moderna poderia significar que sim.

É claro que o tempo enegrece tudo. O que eu nunca havia parado para pensar é que essa negrura poderia ser chamada de beleza.

Isso me recordou o que dizem os currículos enviados pelos norte-americanos que aspiram a um cargo de direção. Enquanto na Europa só mencionamos os méritos, nos Estados Unidos, se um economista faliu ao montar sua própria empresa, ele inclui isso no currículo como se fosse um valor.

Aquilo que para uns é uma vergonha, para outros é uma experiência mais valiosa do que qualquer título ou êxito. Aquele que foi ao fundo do poço não cairá nele pela segunda vez.

O barulho do chuveiro cessou, e isso disparou meus nervos. Sentado na beira no tatame, inclinei-me sobre o texto como um monge que tenta se isolar das tentações do mundo.

> *Nossos antepassados, obrigados a viver, querendo ou não, em casas escuras, descobriram um dia a beleza da sombra e não demoraram a usá-la para obter efeitos estéticos.*
>
> *Na realidade, a beleza de uma casa japonesa, produzida unicamente pelo grau de opacidade da sombra, não precisa de nenhum acessório. O ocidental que a vê é surpreendido por essa desnudez e pensa que está sozinho diante de paredes cinzentas e desprovidas de qualquer ornamento, interpretação totalmente legítima a partir de seu ponto de vista, mas que demonstra que não percebeu em absoluto o enigma das sombras.*

Tanizaki explica, a seguir, que a luz indireta é essencial quando se quer tornar belo um lar japonês. De fato, as paredes são pintadas expressamente com cores claras e neutras para acolher o que ele chama de "luz, atenuada e precária".

Este fragmento de *Elogio da sombra* conseguiu, por um momento, me fazer esquecer a inquietação que sentia pela minha situação.

> *Nós gostamos dessa claridade tênue, feita de luz externa e de aparência incerta, presente na superfície das paredes de cor crepuscular e que conserva um último sopro de vida. Para nós, a claridade sobre uma parede ou a penumbra vale mais do que todos os adornos do mundo, e sua visão não nos cansa nunca.*

De repente entendi que aquele livrinho não estava ali por acaso. Sua presença ali era deliberada, e estava previsto que eu o leria antes que começasse aquilo que estava prestes a viver.

Através do biombo de papel vi a silhueta de Mizuki, que vestia um quimono. A sombra era suficientemente exata para ver que havia desatado o coque, e os cabelos longos soltos caíam-lhe agora sobre os ombros.

— Você pode colocar a primeira música do disco? — perguntou do outro lado.

Com o corpo totalmente tenso, levantei a tampa do aparelho para me assegurar de que havia um disco. Era *BTTB**, de Ryuichi Sakamoto, e a música se chamava "Energy Flow".

---

* Acrônimo de *Back to the Basics*, que pode ser traduzido como "retorno ao essencial". (*N. do A.*)

Quando a melodia tocada ao piano começou, apagou-se a luz tênue ao meu lado, ao mesmo tempo em que o foco além do biombo se intensificava, traçando com precisão cada silhueta.

O que vi a seguir me deixou sem fôlego.

A dança da sombra

Sob um mar de acordes românticos, a silhueta de Mizuki havia perdido o quimono e exibia suas formas desnudas. Primeiro ficou imóvel, diante de mim, e depois girou sobre si mesma, os braços esticados para a frente.

Seguindo as delicadas notas de "Energy Flow", eu assistia à dança de uma sombra. Da mais bela sombra do mundo.

A bailarina abaixou os braços ao mesmo tempo que erguia a cabeça em direção ao teto. No papel de seda se desenhou a chuva fina de seus cabelos, que caíam às suas costas, enquanto se perfilava um seio de volume e forma perfeitos.

Levantou a perna e a manteve no ar como uma bailarina paralisada em seu movimento. Em seguida, girou bem devagar, fazendo com que o corpo gerasse suaves sombras que se fundiam entre si.

Sentindo um êxtase de beleza que me fez pensar na síndrome de Stendhal, eu estava fascinado pela dança fantasmagórica daquela *geiko* moderna.

Quando a peça de piano terminou, as luzes do loft se apagaram.

Eu fiquei no meu lugar, sentado na cama sem ter a menor ideia do que aconteceria a seguir. Não tinha nenhum controle sobre os acontecimentos daquela noite.

Senti se aproximarem, bem lentamente, os passos descalços da bailarina. Sem tê-la visto chegar, sua voz ao ouvido me surpreendeu.

— Quer que eu chame um táxi? Deve estar muito cansado.

Agradeci, embora uma parte de mim não quisesse se afastar da sombra que de repente se encarnaria em um corpo.

Ela voltou a acender as luzes daquela parte do loft. Vestia de novo o quimono, enquanto digitava em seu celular as indicações para que o táxi viesse me buscar.

Recordei suas palavras na churrascaria antes de irmos ao café das canções tristes. Disse que naquela noite eu poderia lhe demonstrar que seria feliz se ela fosse feliz. O que significava aquilo? A culminação de seu desejo era aquela dança de sombras?

Surpreendendo-me mais uma vez, Mizuki esgueirou-se sob os lençóis da cama e tirou o quimono. Com o rosto afundado no travesseiro e os olhos fechados, disse:

— Fique atento à tela do meu celular. Quando acender e vibrar duas vezes, é sinal de que o táxi chegou. Você pode apagar a luz? O interruptor fica ao lado da porta.

Meio minuto depois, ela respirava profundamente, como se tivesse caído no abismo do sono.

Fiquei em silêncio ao seu lado, enquanto ela dormia sem se importar que eu estivesse ali. Seus cabelos pretos se esparramavam pelo travesseiro como uma estranha besta com mil tentáculos de seda.

Obedecendo a um impulso que não era próprio de mim, prendi com dois dedos uma mecha de cabelo, sentindo suavemente sua textura. Era ainda mais delicado do que parecia, e imaginei o quão fina e suave seria sua pele.

O celular que estava na mesa de cabeceira se acendeu e vibrou duas vezes.

Era uma sorte que a chegada do táxi colocasse um ponto final naqueles pensamentos, pensei. Havia assistido à dança de uma sombra desnuda, e agora a *geiko* permitia que eu a contemplasse enquanto dormia. Aqueles dois presentes íntimos bastariam para alimentar minha imaginação no que me restasse de vida.

Pensando bem, eu não precisava de nada além disso.

Cobri com o lençol um braço que ficara descoberto antes de apagar a luz e descer a escada.

No outro lado da cerca do chalé, o taxista esperava com a luz acesa. Lia um livro sem se impacientar. Enquanto caminhava até o carro, de repente senti uma admiração profunda por aquele povo de silenciosa elegância.

Enquanto existir este céu sem nuvens

Depois de uma noite de sonhos protagonizados por Mizuki em suas várias versões — como jovem com instintos suicidas, no meio de uma tribo anui, vestida de mulher fatal, sombra dançante —, levantei-me com uma terrível enxaqueca.

Fiz uma tentativa de comer o peixe com arroz do desjejum e, em seguida, fui ao *onsen* com um dos ensaios de Titus. Enquanto esvaziava a bacia de água na cabeça, disse a mim mesmo que o velho teria uma bela decepção quando soubesse que eu não havia conseguido material novo para seu livro.

Já fazia dez dias que estava no Japão e não havia feito nenhum avanço, fora a visita aos três macacos e a leitura de Tanizaki. Sequer sabia por que o Ryokan das Rãs Azuis se chamava assim. Onde diabos estariam aquelas rãs de cor impossível?

Mergulhei na água sulfurosa resfolegando como um lutador de sumô. A dor de cabeça pareceu se distribuir por todo o corpo quando me sentei no assento subaquático.

Sozinho nas termas, nessa hora avançada da manhã, imaginei que os hóspedes do hotel deviam estar resolvendo seus negócios ou entregando oferendas em alguns dos mil e seiscentos templos da cidade. Eu ainda não havia visitado nenhum, o que, relacionado ao meu parco trabalho de campo, fazia com que me sentisse um perfeito inútil.

Seria melhor voltar o quanto antes a Barcelona, disse a mim mesmo. Poderia ajudar Titus a escrever seu livro, além de preparar as aulas do próximo ano letivo.

Pensar em voltar à rotina fez com que um sentimento amargo se apoderasse de mim. Pelo menos estava vivendo aventuras estranhas em Quioto, como a descoberta do karaokê solitário ou a última noite com Mizuki.

Ainda assim, tinha consciência de que aquilo era apenas um parêntese, como o de Gabriela em Paris, e que mais cedo ou mais tarde teria que voltar. Entre outras coisas, porque depois de dez dias meu cartão de crédito estava entrando no vermelho.

Dentro de quatro dias venceria meu Japan Rail Pass. Se eu não quisesse pagar uma fortuna pela passagem do trem-bala que me levaria a Tóquio e Narita, deveria voltar ao aeroporto antes que caducasse.

Em meio a essa mistura de pensamentos práticos e existenciais, peguei um dos livros sobre o *Wabi-Sabi*. Surpreendentemente, o autor da antologia havia incluído um fragmento de *O diário de Anne Frank* que eu não conhecia.

Deitada no chão, no meu lugar favorito, olho para o céu azul, o castanheiro nu brilhando de umidade, as gaivotas e outras aves luzindo de prata, enquanto rodopiavam no ar (...). Sobre os telhados e em direção ao horizonte, havia uma tira de azul tão claro que era quase invisível.

Como posso me sentir triste enquanto isso existir, pensei, esta luz e este céu sem nuvens, e enquanto eu puder desfrutar essas coisas?

O melhor remédio para os amedrontados, solitários ou infelizes é sair, ir ao ar livre encontrar o céu, a natureza e Deus. Só então você pode sentir que tudo é como deveria ser, e que Deus deseja a felicidade das pessoas em meio à beleza e à simplicidade da natureza.

Enquanto isso existir — e deve existir para sempre —, sei que haverá consolo para toda tristeza, para qualquer circunstância que a tenha provocado.

Essas palavras de uma menina de 16 anos que estava prestes a ser levada à câmara de gás me fizeram sentir vergonha de mim mesmo. Não apenas porque escrevia melhor do que eu, mas porque em seu esconderijo era capaz de desfrutar coisas que um homem que tinha toda a liberdade do mundo negava a si mesmo.

Quantas vezes eu havia passado o dia ao ar livre nos últimos anos? Meu passeio pacífico por Nikko havia sido o primeiro contato com o campo em muito tempo.

Isso para não mencionar outros prazeres da vida, que me causavam dilemas morais próprios de uma espécie que boicota a si mesma para poder continuar se lamentando.

Ali, naquele momento, era um homem sem qualquer outra responsabilidade além de usufruir de uma das mais belas cidades do mundo. Onde estava o problema?

Eu não tinha resposta para a questão das rãs, mas para esta última, sim: o problema era eu.

O templo do dragão tranquilo

Troquei de roupa e desci à recepção, onde uma enorme surpresa me esperava. Mizuki estava sentada em uma poltrona perto da recepção. Em um novo exercício de metamorfose, havia adotado naquela manhã um visual romântico e quase vitoriano. Usava um belo vestido florido e sapatos de salto alto. Os óculos de sol e um chapéu revelavam que lá fora fazia bom tempo.

Como se tivesse marcado um encontro com uma jovem mediterrânea, dei-lhe um beijo em cada face. Estavam frias como porcelana.

— Achava que você só saía à noite — brinquei. — Embora tenha me dito que as *geikos* fazem suas tarefas de manhã. Aonde quer que a acompanhe?

— Quero mostrar a você uma coisa que servirá de inspiração para seu livro. Não é um dos templos mais espetaculares, mas é o mais misterioso.

Então me ofereceu a mão para que saíssemos juntos do *ryokan*, um hábito nada próprio das jovens japonesas. No Japão, os casais nunca andam de mãos dadas nem mostram publicamente seu afeto, embora nós nem fôssemos um casal. Nem sequer éramos amigos. Mas o que éramos? A interseção entre duas solidões diferentes.

Enquanto caminhávamos em direção à rua principal, eu lhe fiz uma pergunta óbvia.

— Você se sente mais norte-americana ou japonesa?

— Culturalmente sou californiana. Vivi lá desde os 10 anos, quando meus pais se mudaram para a Costa Oeste por motivos profissionais. — Ela pensou um pouco antes de concluir. — Passei dois terços da minha vida nos Estados Unidos, por isso suponho que sou de lá. Espiritualmente, no entanto, me sinto japonesa.

Ela fez sinal para um táxi antes que eu pudesse lhe perguntar o que quisera dizer com a última frase. Depois de rápidas explicações ao motorista, apoiou as mãos nos joelhos brancos.

O carro abriu caminho no meio do trânsito do meio-dia de sexta-feira. Eu não tinha a menor ideia a respeito do nosso destino, mas queria conhecer a história de Mizuki e, por isso, lhe pedi mais detalhes sobre sua vida na Califórnia.

— Estudei psicologia em Berkeley, embora nunca tenha exercido a profissão — explicou. — Interessava-me por arte, como meu tio, e me casei com um homem que tinha uma galeria ao ar livre perto de Palo Alto. Eu conduzia o negócio.

— Richard.

— Sim, eu estava com ele desde que acabei o mestrado, aos 25 anos. Cinco anos em que não tivemos uma única discussão.

Sua voz tremeu ligeiramente, mas as lentes escuras dos óculos não me permitiram ver sua expressão.

— Mas se era um bom homem, se a amava e com ele você podia trabalhar em uma coisa de que gostava... Por que o abandonou?

— Não sei.

Aquela resposta seca e concisa indicava que não tinha vontade de continuar falando sobre o assunto, mas eu não queria terminar a conversa nesse ponto.

— Na primeira noite você me disse que cometeu o maior erro da sua vida. Que continua apaixonada por ele, mas que é impossível voltar. A que se referia?

Assim que formulei essa pergunta, dei-me conta de que havia sido indiscreto. E não fui o único a ter essa impressão, pois o rosto de Mizuki ficou tenso antes de responder:

— Fui para a cama com o melhor amigo dele. Satisfiz sua curiosidade?

— Desculpe, eu não queria...

— Fazia tempo que o sujeito estava louco por mim e, quando viu seu sonho realizado, não se conformou com isso. Fez tudo o que era possível para que todo mundo ficasse sabendo, inclusive Richard. — Seu tom ficou mais duro de repente. — O imbecil achava que dessa maneira conseguiria ficar comigo, mas errou totalmente. Depois de toda a confusão, retornei para Quioto e agora não posso mais voltar atrás.

O táxi chegou às portas do Ryoan-ji, que, segundo o guia, significava “templo do dragão pacífico”.

Consciente de que havia violentado minha acompanhante, tentei relaxar o ambiente com um comentário típico de um *gaijin*.

— Li que é um templo zen com um jardim muito famoso feito de pedras, não é?

— Talvez seja o jardim seco mais famoso do Japão. Todos os devotos do zen vêm vê-lo, mas não creio que você entenda a razão.

O jardim seco

Tal como Mizuki havia preconizado, não consegui ver magia naquele espaço coberto de areia com quinze peças flutuando como se fossem estranhos planetas. Mas os visitantes japoneses olhavam fascinados e não paravam de dar voltas para observar e fotografar o chamado "jardim seco".

Nós nos sentamos em um degrau diante daquilo, e minha guia me explicou:

— Este jardim é formado por quinze rochas de diversos tamanhos, como se pode ver. Além disso, tem uma propriedade curiosa: você pode ficar onde quiser que sempre verá quatorze pedras, nem uma a mais nem uma a menos.

— E essa é a graça do jardim seco?

— Não é uma graça, mas uma propriedade — corrigiu-me. — Imagine que esta obra existe desde o século XV. Foi criada por um monge da escola Rinzai.

— Qual é seu significado? Suponho que estas ilhotas de rochas não sejam aleatórias. Devem ter algum sentido para a filosofia zen.

— Deve haver algum sentido, mas ninguém sabe qual é. Seu autor não deixou nenhuma explicação por escrito.

Por isso este jardim se transformou em um mistério, quase como um *koan** que não tem resposta.

— Isso é como o mistério da hospedaria onde você foi me buscar. Chama-se Ryokan das Rãs Azuis, mas não vi rãs azuis em nenhum lugar.

Mizuki tirou os óculos para me fulminar com o olhar. Entendi que acabara de misturar uma questão sagrada com uma besteira de alguém cujo cérebro era tão seco quanto aquele jardim.

Passamos o resto da tarde visitando mais dois santuários. Um era o Kiyomizudera, um templo de madeira vermelha cercado de magníficos bosques que subiam pelas montanhas. Cumprimos com a tradição de beber a água de um dos três canais que descem pela montanha até um tanque.

Mais que as construções, o que me impressionava naquele lugar era a magnífica vista dos bosques e a vista panorâmica de Quioto, que das alturas parecia uma pequena cidade moderna e sem graça.

A última visita antes do pôr do sol foi ao distante santuário de Fushimi Inari Taisha, um grande complexo de templos xintoístas. Diante dos edifícios sagrados, figuras de madeira com cabeça de raposa velavam pela proteção dos espíritos. Intrigava-me o fato de aquelas bestas usarem uma coleira com algo escrito nela.

---

* Charadas filosóficas que os mestres zen usam para estimular o pensamento dos alunos. (*N. do A.*)

A coisa mais impactante daquele passeio, no entanto, eram os longuíssimos corredores de *tori*, arcadas vermelhas formadas por milhares de pilares que se estendiam até o alto da montanha.

Voltando à estação de trem — havíamos nos afastado bastante da cidade —, senti que minhas pernas doíam. Mizuki, por sua vez, parecia estar em seu melhor momento, como uma ave noturna que despertava com a escuridão.

— Se você me acompanhar ao bar Samuel, cantarei uma música que você jamais esquecerá.

— Estava prestes a dizer que estou farto por hoje, mas não quero perder o espetáculo. Como se chama a canção?

— "Olho para cima enquanto caminho."

Cansado de subir de um pavilhão a outro, pensei que ela estava zombando de mim. Ela insistiu que aquela era uma das baladas japonesas mais famosas de todos os tempos.

— É a canção que você iria cantar antes de se atirar no precipício?

— Sim. O título é adequado, não acha? — comentou, como se o suicídio fosse uma coisa divertida. — Mas não trata apenas de subir montanhas ou percorrer caminhos. É uma canção sobre a felicidade e a tristeza.

— Tenho curiosidade de saber o que diz a letra, então... — disse já no trem que nos levaria de volta ao centro.

— Você vai saber, não sofra. Eu a cantarei para você essa noite.

Meias furadas

Quando estávamos voltando ao velho beco que levava ao Ryokan das Rãs Azuis e ao karaokê, Mizuki me surpreendeu com uma pergunta estranha:

— Você sabe quando acaba o amor de um casal?

— Não tenho a menor ideia... Quando você tem uma aventura com alguém?

— Isso é consequência do fim de uma história de amor, mas os indícios de que a coisa acabou começam muito antes.

— Quais são? — perguntei, incomodado com aquele assunto. — Eu tenho reflexos lentos e não sei ver essas coisas. Se soubesse...

— ... teria tentado evitar que a ave-do-paraíso fugisse da gaiola — interrompeu-me. — As pessoas não pensam no que vou dizer agora, mas é uma radiografia muito exata de qualquer relação. Vamos ver se sei explicá-la.

Havíamos chegado ao bar que tinha meu nome, mas não entramos a princípio. Apoiada na parede, Mizuki dobrou uma perna enquanto expunha sua teoria:

— O amor é loucura e inspiração. Platão já dizia que todo mundo vira poeta quando se apaixona. Uns mais, outros menos, mas todo mundo faz loucuras para impressionar o outro. Por isso, quando tudo está correndo bem, seu companheiro o surpreenderá no seu aniversário ou no Natal com uma viagem a um lugar que você nem imaginava que existisse, ou então vendará seus olhos e o levará a um restaurante secreto. Coisas assim. — Mizuki fez uma pausa para respirar fundo antes de continuar. — Pelo mesmo motivo, quando um casal começa a trocar presentes práticos, isso significa que a paixão já se extinguiu.

— O que você quer dizer com presentes práticos?

Meu último presente para Gabriela havia sido matriculá-la em um curso de hebreu com o qual sabia que ela sonhava.

— Quero dizer coisas de que você precisa no dia a dia, presentes que pode usar: uma capa de chuva, sapatos novos do mesmo modelo daqueles que usa e estão gastos, camisetas ou cuecas. Isso quando falamos de roupas. Resumindo, são coisas de que precisa, mas que você mesmo compraria em circunstâncias normais. Você imagina a Julieta de Shakespeare dando de presente ao namorado um par de camisetas e cuecas?

— Não gosto que você seja tão cínica — disse, aborrecido. — Talvez seja mais romântico dar de presente cem rosas ou um coração feito com seus próprios cabelos, mas os presentes práticos demonstram que você não quer que falte ao seu parceiro aquilo que é necessário. Se você percebe que as meias do seu marido estão furadas, dê-lhe quatro pares de presente. É tão simples. Qual é o problema?

— Você sabe o que Oscar Wilde dizia? "Deem-me o supérfluo, pois o necessário todo mundo pode ter." Claro que ele era rico... De qualquer maneira, o problema é que sua parceira dedica apenas meio minuto a pensar em seu presente, quando antes ficava planejando durante longos dias.

— Antes... — Estava disposto a rebater o que me parecia uma visão imatura do amor. — Antes você sequer sabia que todas as meias do seu companheiro estavam furadas. Isso é resultado da convivência. É natural que uma relação evolua para um território mais cotidiano.

Como homem abandonado por uma mulher com a qual sequer havia morado junto, percebi que meu discurso era incoerente. Falava em defesa de milhões de pessoas que transformam cuecas, camisetas e meias novas em um ato de amor.

Naquele momento, a porta do bar foi aberta e Okamura apareceu. A maneira como gritava era uma prova de que havia voltado a se embebedar.

— Que diabos estão fazendo aqui fora! Este pobre gráfico não quer beber sozinho!

— Ora, vamos entrar — disse, feliz por abandonar aquele assunto. — Além do mais, você me prometeu uma música.

— Mas penso em receber algo em troca.

Sem entender o que ela quis dizer com isso, entramos no minúsculo karaokê. Depois de pedir um saquê frio não filtrado para nós dois, Mizuki perguntou se podiam tocar "Olho para cima enquanto caminho".

Pela entrada com xilofone e violinos, parecia uma balada de muitos anos atrás. A melodia era ingenuamente otimista.

Ue wo muite arukou.
Namida ga koborenai you ni.
Omoidasu haru no hi.
*Hitoribocchi no yoru.**

A voz de Mizuki era surpreendentemente fina e melodiosa e dava à canção um ar de desenho animado de outra época.

Aquela foi apenas a primeira das canções que ela e seu tio cantaram naquela noite, enquanto garrafas de saquê eram esvaziadas, deixando a proprietária cada vez mais entusiasmada.

---

* Olho para cima enquanto caminho./ Assim minhas lágrimas não caem./ Recordo um dia de primavera./ Uma noite de solidão. (*N. do A.*)

Dê ao idiota uma noite de prazer

Eram três da madrugada quando saímos do bar com sérias dificuldades para caminhar. Talvez por nunca ter tido uma turma com a qual pudesse fazer loucuras, não me lembrava de ter bebido tanto antes. Agia obedecendo à vontade de alguém que, mesmo que fosse eu, até então não tivera o prazer de conhecer.

— Você deveria beber saquê com mais frequência. — Mizuki riu, passando o braço pela minha cintura. — Esta noite deixou cair a máscara de professor entediado que está irritado com o mundo.

— Esta noite não sei quem sou.

— Melhor assim. É bom fugir de si mesmo de vez em quando. Como quer acabar a noite?

Sob o efeito psicodélico do saquê, havia muitas possibilidades flutuando em minha cabeça, mas eu não queria tomar a decisão. Mizuki me deixara claro que não estava mais casada, e a ausência de mensagens de Gabriela me demonstrava que ela não se importava mais comigo.

Era livre, mas não estava habituado a me atirar na frente dos carros, e por isso passei a bola para Mizuki.

— Imagine que você é a roteirista e diretora de um filme com um protagonista parecido comigo.

Assim como antes havíamos discutido sobre camisetas e meias na porta do bar, agora conversávamos diante do meu *ryokan*. Ela sorriu, divertida, com os cabelos alvoroçados.

— Gosto que me outorgue este papel. Dê mais detalhes sobre o filme.

— O homem que atua em sua história é conservador e vive com medo de se equivocar. É habituado a fazer as coisas de forma correta, especialmente quando se trata de amor.

— Continue.

— Sem saber bem como, esse homem acaba no Japão. Logo a distância lhe faz bem, porque sua namorada lhe pediu um tempo e não dá sinais de vida.

— Ou seja: a namorada está saindo com outro, mas ainda não se atreveu a contar. Continue.

Em circunstâncias normais, esse comentário teria me ferido profundamente, mas estava muito anestesiado pela bebida para sentir dor.

— Esse homem chato encontra no caminho uma japonesa linda e excêntrica criada nos Estados Unidos. Provavelmente é a mulher mais atraente que conheceu em sua vida, e ele chega a sonhar que tem alguma chance com ela.

— A vida é cheia de possibilidades — comentou antes de deixar escapar um soluço. — Alguém já disse isso.

— Imagine que a possibilidade está perto e que o homem a deseja intensamente, mas ao mesmo tempo tem dúvidas.

— Que dúvidas?

— A garota excepcional deu de presente ao homem a dança de sua sombra. É uma cena que ele jamais esquecerá, e talvez o filme tivesse um final mais poético se ele levasse essa recordação para casa, em vez de realizar seu desejo. Logicamente estamos falando de um idiota no papel de protagonista...

— Agora me perdi. Qual é a pergunta?

— Se você fosse a roteirista e diretora, qual dos dois finais escolheria para ele?

— A opção é óbvia. Daria ao idiota uma noite de prazer.

A felicidade está acima das nuvens (e também embaixo de você)

Recordei-me apenas de alguns flashes do que aconteceu. E é lamentável. Se você se deitar só uma vez com uma gueixa, vai querer reter na memória cada instante e cada palmo do seu corpo. Mas, se a vida é imperfeita, a memória é ainda mais.

A primeira recordação era do momento em que entramos no meu quarto no *ryokan*, após a recepcionista ter nos implorado para que não fizéssemos barulho porque todo mundo estava dormindo. Depois, Mizuki deixou seu vestido florido cair no chão e se deitou no colchão com uma lingerie laranja.

O tom exato dessa cor incomum para a roupa de baixo ficou gravado em minha mente. Eu também me despi e conversamos durante um bom tempo sobre coisas que já esqueci.

O segundo flash era do momento em que senti a língua dela dentro de mim, enquanto eu lutava para abrir o fecho de seu sutiã. Sempre fui desajeitado para fazer isso. A recordação terminava no momento em que sentia a pressão de seus seios libertados e excitados sobre a minha pele, enquanto sua mão entrava em minha cueca.

A terceira cena tinha em primeiro plano seu rosto no travesseiro, justo quando a penetrei pela primeira vez. Sua expressão ainda não era de prazer nem de dor. Era sobretudo de surpresa. Talvez no fundo pensasse que tudo aquilo não aconteceria nunca, já que seus olhos arregalados denotavam incredulidade e até certo espanto. Pareciam estar dizendo: como cheguei até aqui?

Ao repassar esses fragmentos na memória, com a luz do meio-dia banhando a cama, a excitação voltou. O fato de que ela não estivesse mais ao meu lado, no entanto, me impelia a pensar que havia se tratado apenas de um sonho.

Ao me levantar, constatei aliviado que não estava inteiramente mal. Só um pouco enjoado. Seria verdade o que Brian Ferry dizia, que o amor é uma droga que cura tudo?

O horário do café da manhã tinha passado fazia horas e, por isso, fui diretamente ao *onsen*. Depois do ritual da bacia de água, ocupei um assento subaquático ao lado de um homem gordo que estava com vontade de praticar seu inglês básico.

Depois de me perguntar de onde eu era, disparou o clássico:

— Turismo ou negócio?

— Turismo — surpreendi a mim mesmo pronunciando essa palavra.

O homem balançou a cabeça enquanto murmurava alguma coisa em japonês. Subitamente me ocorreu perguntar:

— Você vem com muita frequência a este *ryokan*?

— Sim, sempre me hospedo aqui quando venho a Quioto.

— Então deve saber por que se chama Ryokan das Rãs Azuis.

Quebrando o comedimento japonês, o homem começou a rir ao ouvir minha pergunta. Devia estar lendo no meu rosto que eu me sentia realmente idiota, já que de repente acrescentou:

— Não se ofenda, mas uma das rãs azuis está embaixo do seu traseiro.

Não foi a última revelação daquela manhã, mas pensaria frequentemente naquilo ao voltar ao meu mundo. As rãs azuis eram os assentos de pedra em que descansavam os usuários das termas. Eu as tinha visto muitas vezes sem me dar conta, como costuma acontecer com o que realmente importa na vida.

Procuramos as coisas longe, mas elas estão tão perto que não somos capazes de vê-las por causa da nossa miopia espiritual.

A segunda revelação da manhã estava nas mãos da pequena recepcionista, que me saudou com uma reverência, como se o escândalo da noite anterior não tivesse acontecido. Ao aceitar o envelope que me oferecia, perguntei-me em que momento aquela mulher dormia, pois estava sempre ali.

Abri-o com cuidado. Continha dois papéis dobrados de boa qualidade. O primeiro era uma carta.

Prezado Samuel,

Obrigada por esses dias e noites fantásticos e, principalmente, por me esperar e me dar força quando achava que tudo estava perdido.

Você me ajudou a atravessar uma ponte que eu nunca teria cruzado sozinha.

Hoje de manhã, enquanto eu o via dormir depois de fazer amor, decidi que chegou a hora de voltar a São Francisco para enfrentar as coisas como elas são. De fato, quando você estiver lendo esta carta, estarei no aeroporto esperando meu voo.

Há uma coisa que eu não disse sobre Richard. Ele morreu em um acidente de carro, na noite seguinte à que descobriu minha traição. A necropsia descobriu que havia bebido.

Entende agora por que não há mais a possibilidade de voltar?

Se nesses dias você achou que sou frívola e às vezes pouco respeitosa, foi por isso. Tentava esquecer.

Agora sei que é impossível.

Sua, ontem
MIZUKI

PS.: Espero que goste do presente que vai encontrar atrás desta carta. Precisei de um bom tempo para traduzi-lo.

Olho para cima enquanto caminho.
Assim minhas lágrimas não caem.
Recordo um dia de primavera.
Uma noite de solidão.

Olho para cima enquanto caminho.
Contando as estrelas apagadas.
Recordo um dia de verão.
Uma noite de solidão.

A felicidade está acima das nuvens.
A felicidade está acima do céu.

Olho para cima enquanto caminho.
Assim minhas lágrimas não caem.
Caminho enquanto choro.
Uma noite de solidão.

Recordo um dia do outono.
Uma noite de solidão.
A tristeza é a sombra de uma estrela.
A tristeza é a sombra da lua.

Olho para cima enquanto caminho.
Assim minhas lágrimas não caem.
Caminho enquanto choro.
Uma noite de solidão.

EPÍLOGO

Wabi-Sabi

Enquanto o avião ainda taxiava pela pista do Prat, fiz como a maioria dos passageiros. Antecipando-me à autorização de ligar o telefône antes que o avião parasse, acionei o smartphone para entrar em contato novamente com a companhia telefônica nacional.

Surgiram na tela os ícones de dois SMS e uma mensagem do Whatsapp. Os primeiros eram dois avisos das compras que eu havia feito no aeroporto de Narita.

Ao abrir o Whatsapp, tive uma agradável surpresa. Li a mensagem de Meritxell com uma emoção que era nova para mim.

Marc já nasceu e hoje está passando seu primeiro dia em casa.
Está com muita vontade de conhecer seu padrinho.
Beijos dos dois :)

Arriscando-me a levar uma bronca dos comissários de voo, respondi imediatamente:

Sei que passa das dez da noite, mas o padrinho não pode esperar para conhecer seu afilhado.
No entanto, não sei onde mora.

xxxx

Quarenta e cinco minutos depois, o táxi estacionava diante de um edifício no bairro de Gracia. Peguei minha mala e liguei para o primeiro andar.

Uma voz disse ao interfone "Samuel?", antes que a porta se abrisse com um barulho.

Subi as escadas com passo triunfal, tomado por um entusiasmo que nem eu mesmo entendia.

A veterinária me esperava diante da porta com um sorriso orgulhoso. Abracei-a antes de entrar no apartamento, que estava uma bagunça. Examinei com olhar crítico a roupa suja empilhada em uma cadeira, os pratos por lavar e a janela com a persiana torcida e quebrada.

Decidi que, na minha próxima visita, daria um jeito naquele caos.

— Acabou de acordar — disse ela. — Venha.

Aproximei-me do berço onde aquela pessoinha, com apenas três dias de vida, me olhava fixamente. Havia lido que bebês muito pequenos não conseguem ver nem sorrir, mas achei que ele ficou feliz com o fato de eu estar ali.

Segurei a mão minúscula e o menino bocejou, movendo, com preguiça, a cabeça, que parecia um pepino, coberta por uma fina camada de cabelos pretos.

— Gostou de você — disse Meritxell. — Ontem uma colega do trabalho passou aqui, e o bebê chorou toda vez que ela o tocava.

— Você acha?

— Sim, os bebês são como budas, sabem muitas coisas. Marc intuiu que você será importante em sua vida.

Fingi ser rígido, brincando para esconder minha emoção.

— Sou o padrinho e posso exigir visitá-lo sempre que quiser. Assumi uma responsabilidade sobre sua criança.

— Pode vir quando quiser. Não quer pegá-lo?

Vencendo o medo de machucá-lo, passei a mão sob suas costas, que não eram mais largas do que um livro, e o aproximei do meu peito enquanto sustentava sua cabeça com a outra mão.

O menino fez um barulhinho gutural antes de se acomodar em meu braço.

— Fez tudo direito. Parece que carregou bebês no colo durante toda a vida — elogiou. — Quer uma taça de vinho?

Aceitei a oferta sem parar de olhar para a criatura. Enquanto Meritxell abria uma garrafa de Montsant, continuei brincando:

— Não sei quem é o pai biológico, mas já posso lhe dizer que Marc não se parece nem um pouco com ele nem com você. É a cara do padrinho.

— Se você está dizendo...

Ela encheu uma taça com um vinho denso e escuro e ficou sentada diante de mim. Parecia muito surpresa com o fato de a criança estar tranquila com alguém que, minutos antes, não a conhecia.

Três dias depois do parto, achei que Meritxell não havia perdido nada de sua beleza simples.

— Você fala sério quando diz que quer vir todos os dias?

— Se não incomodá-la, claro...

— Vou gostar muito das suas visitas. — Seus olhos brilharam, comprazidos. — E Marc também. Digo por você.

— Não se preocupe por mim. O verão é longo, e só devo trabalhar de novo em setembro. O único perigo é que eu acabe me apaixonando por você. Estou brincando...

Meritxell me dirigiu um sorriso travesso.

— Se isso acontecesse, você acharia muito estranho começar uma relação com uma pessoa que tem um filho recém-nascido que não é seu.

— Aprendi recentemente que nada é perfeito. O fato de eu não ter participado de sua concepção não quer dizer que não possa amá-lo como se fosse meu filho.

Ela me olhou, espantada, e franziu o cenho, como se eu estivesse zombando dela. Pegou minha taça de vinho e deu um gole.

— Não sei o que você fez no Japão, mas parece outro.

— Espero que não tenha mudado para pior.

— Pelo contrário, acho que está mais relaxado. Minha intuição não me enganava: você precisava fazer essa viagem.

— Talvez sim, embora pudesse ter aprendido aqui mesmo o que vivi lá.

— E o que você aprendeu? — perguntou, fascinada.

— Que os idiotas procuram longe o que está perto, e que as coisas nunca acontecem como você quer. Nada é perfeito nem dura para sempre. Tudo muda... como Marc. Está aqui em meus braços e não percebemos que está crescendo e começando a descobrir o mundo.

Meritxell se aproximou e acariciou meu rosto antes de perguntar:

— Se tudo muda, onde estamos agora?

— Em um lugar que contém todas as possibilidades do universo.

Agradecimentos

A Izaskun Arrexte, a editora que me possibilitou terminar este livro depois de muitos anos. Obrigado por tanta paciência e entusiasmo.

A Marina Penalva, a primeira pessoa a acreditar neste romance.

A Jordi Cantavella, por suas sábias orientações e comentários.

A Katinka Rosés, Alex Rovira e Albert Valero, por me acompanharem em minhas três viagens ao Japão.

A Héctor Garcia que, sem que nos conhecêssemos, nos recebeu como um bom amigo em Tóquio.

A Marisa Tonezzer, que um dia me incentivou a escrever *Amor em minúscula*.

A Sandra Bruna, minha agente literária e anjo da guarda.

A todos os leitores. Obrigado pelo privilégio de compartilhar com vocês esta aventura.

Sumário

Quioto

O café das canções tristes

EPÍLOGO

Este livro foi composto na tipologia Minion Pro
Regular, em corpo 11/16, e impresso em
papel off-white no Sistema Cameron da
Divisão Gráfica da Distribuidora Record.